择一城终老

在清迈开间小小客栈

林晓丹 韩东 著

机械工业出版社
CHINA MACHINE PRESS

故事从清迈这座小城开始。作者二人在游历了大半个中国、8 个国家的 35 个城市之后，最终停在了清迈这座小城。他们放弃了在国内的音乐事业和优越生活，带着全部家当离开中国，到达这个梦想中的乐土——清迈，开了一家只有 8 个房间的小小客栈，开始他们全新的生命探索。这本书讲述的是他们以及清迈旅人们与清迈的故事，也在书写“遵从内心、随遇而安、回归自然”的生活态度。

图书在版编目（CIP）数据

择一城终老：在清迈开间小小客栈 / 林晓丹，韩东著.
— 北京：机械工业出版社，2016.6
ISBN 978-7-111-53732-8

Ⅰ. ①择… Ⅱ. ①林… ②韩… Ⅲ. ①游记 – 作品集 – 中国 – 当代 Ⅳ. ①I267.4

中国版本图书馆CIP数据核字（2016）第099375号

机械工业出版社（北京市百万庄大街22号 邮政编码100037）
策划编辑：孟 幻　　责任编辑：孟 幻
封面设计：吕凤英　　责任校对：薛 娜
责任印制：李 洋
北京汇林印务有限公司印刷

2016年7月第1版 · 第1次印刷
145mm × 210mm · 9.125印张 · 193千字
标准书号：ISBN 978-7-111-53732-8
定价：39.80元

凡购本书，如有缺页、倒页、脱页，由本社发行部调换
电话服务
服务咨询热线：（010）88361066
读者购书热线：（010）68326294
（010）88379203
网络服务
机工官网：www.cmpbook.com
机工官博：weibo.com/cmp1952
教育服务网：www.cmpedu.com
金书网：www.golden-book.com

「择一城终老」

推荐序

生活就是一场奇妙的相遇

我和晓丹第一次见面，就在清迈。和身边的泰北人相比，我们最大的共同点就是，比他们更黑！要说长相，在这个整年炎热的国度里，毫无违和感：黝黑、大嘴、牙白、眼大，笑起来时身边的人都能感受到热情。

我喜欢和晓丹做朋友的另外一个原因，就是我们内在上有着非常多的相同之处。比如，会勇敢去追求自己想要的生活，愿意离开舒适地带去闯荡，精心对待自己的选择……这本质上也是源于对生活的热爱。

根据吸引力法则，什么样的人吸引什么样的事物和你相遇。对生活充满了无限创意、积极能量的人，将各种脑洞大开的场景变成现实也就不那么奇怪了。

生活就是一场奇妙的相遇。他和她，他们和它们……

晓丹和韩老板就是一个奇迹（每个开客栈的老板都有一段故事，都是一个奇迹）。

灯光下的歌手，被掌声和鲜花包围。收入每月近十万元，算不上富豪，但也衣食无忧，工作时间还弹性自由，这已然是很多人心目中的理想生活。但是晓丹说："工作，已经变成了一种每天一成不变的模式，麻木了，激情消失了，自己就像一个流水线上的工人，机械地加工产品、出售、拿钱……"

这就是大部分人的真实写照，包括我自己在内，都曾经过着和大部分人一样的朝九晚五的生活，因为做了一次又一次不同的选择，才获得了现在这个状态。于是他们换了一种生活方式，来到一个陌生的城市——清迈，在这里开起了客栈。

一切从头开始。离开舒适地带的选择，是个最重要、又最难的选择。这是运气，也不完全是运气，它就是在很多个路口选择的结果。

我很喜欢晓丹说的这句话："这世界上并没有绝对的天堂与乐土，可是人生苦短，我们能做的不过是遵从自己的本心，去做自己真正想做的选择。"

我认识晓丹的时候，她已经有了第二家客栈别院——真正适合家庭出游的整幢别墅，这和我之前住过的很多清迈客栈酒店完全不同。她给我看照片，我惊讶于她怎么可以把家弄得那么美，他们并不是专业的设计师。于是，她给我讲之前客栈装修和设计的故事和思路。

“听风耳语”房间的窗台布满盛放的玫瑰，“时光流转”房间的走廊有黄竹替客人遮阳，当然还有“石器时代”房间的古老棕榈，“开拓者”房间的仙人掌……更有一周七天不重样的早餐。只有真正热爱生活的人，才会这样精心地创造着自己的小世界。

对于自己喜欢的事情，首先是去做，其次是生存下去，最后就是做得更好。

晓丹都做到了。

要我总结的话，前半句是，不折腾不精彩。后半句则是，爱笑的女生，运气总是不会太差。

左手

《我们始终牵手旅行》作者

左手 Plus 创始人

目录

终于留在清迈——就想开间小小客栈

小城故事

清迈名人志

爱游旅人书

清迈之前

遥远的泰国记忆

选择到清迈生活，可以说是偶然中的必然。对于泰国的记忆，在我 2 岁多的时候就已然开启。

我父亲是海南人，母亲是曼谷人。我在海南出生，2 岁多的时候第一次跟随父母去泰国生活。记得父母当时好像什么都做过，唱戏班子、打金首饰、卖海南鸡饭快餐……跑了几乎大半个泰国。一转眼 3 年多过去了，直到上小学的年纪，我才又回到国内。儿时的记忆里，一切都是美好的：五颜六色的甜点，香喷喷的路边摊小吃，每次在母亲演出完毕后从台上撒下来的漂亮糖果和硬币，永远笑眯眯地给我红包的长辈，永远善意的愿意照顾我的邻居们，还有永远亲亲热热的小伙伴……童年的泰国，处处弥漫着一股香甜的味道。

其实童年的泰国还有另外一面。父亲在我长大后经常会跟我说起，我小时候做过的最让他感动的一件事。有一个时期，父母以用小推车卖快餐式的海南鸡饭为营生，因担心年龄小的我到处乱跑，只好整日整日地把我关在不足 20 平方米的出租屋里。路过的邻居

跟着父母的戏班子在泰国巡演，父母演出的时候我就在台下当小观众。图为疼爱我的泰国二伯母和姐姐

戏班子的后台

们看我可怜，经常会走过来陪我聊聊天，或者从铁门的缝隙中递过一些小零食给我吃，有时候还会有香香的烤猪肉串配糯米饭团。有一天突然下起了大暴雨，雷声很大很吓人，当时只有 4 岁多的我对着走廊大声喊着对门的邻居：“阿姨，阿姨，下了好大的雨，我的爸爸妈妈回不了家啦！你可以帮我去给他们送伞吗？”父亲说，当邻居找到他们的时候，说着话都红了眼眶：“你们家的小宝贝，整天被你们关着，这个时候还能想起让人给你们送伞！以后别关着她啦，白天你们照顾不了就送到我们家里来！”多年以后，再回望那个铁栏杆门后的小女孩，我依然可以从她的眼眸里看到那颗晶莹剔透的心。

小的时候我泰语很溜，有很多小伙伴，完全就是个本地小土著。我的小伙伴们都有着非常有爱的小名，几乎都与水果有关，大家在互唤名字的时候就像进了超级市场！在所有的伙伴中，我跟“西瓜”和“芒果”的关系最好，西瓜的泰语发音是“丁莫”，芒果发音为“孟莫”。但是我没有小名，感觉很不合群，所以我就跟老爸强烈要求也要有个小名。老爸想不出来，我便用自己最爱吃的水果给自己起了个名字叫作“诺伊娜”，意思是番荔枝。

我有时会去西瓜和芒果家里蹭饭，玩得忘记了回家的时间，老爸总会去他认识的所有“水果”家里挨家挨户“搜查”，“捞”到玩得正在兴头上的我，回来免不了把我一顿胖揍。可是，西瓜和芒果的爸爸妈妈都好慈祥，从来没有因为他们回家晚而打他们，每次我被修理的时候，都恨不得重新投胎到他们家去。

当年的泰国小学课本也很有意思，记得爸爸有空的时候总会拿起来读给我听。课本里会用一些神话传说、鬼怪故事来告诉我们，如果一个人行善就会得到各种神灵的保佑，如果做坏事或是起恶念就会受到惩罚，遭受比较悲惨的下场。还有泰国的风俗礼仪、社会道德都会变成故事，放在一到六册的小学课本里面。那些关于善与恶的故事，关于什么该做什么不能做的原则就在老师和父亲的娓娓道来中很容易地被我接受了，没有生硬的说教，这些在成人眼中不可能发生的童话故事，却在小小的我的眼中无可置疑。就比如，我们有一个叫“龙干”的小伙伴，在一天赶集的时候偷了一个婆婆摊子上卖的木雕，被我们几个看见了。我们并没有当场揭发他，也没有跟我们的父母说，但是内心却像是自己做了坏事一样惴惴不安。又过了几天，我们发现龙干失踪了，再去他们家，却已经人去楼空。我们相信，龙干一定是因为他的偷窃行为而被妖怪抓走了！现在回想起来，当时所谓的“龙干失踪事件”也许只是正好赶上他们搬家而已。但是，童年的教育还是不可避免地在我的心底留下了烙印，经历了现实而复杂的成人社会，我的心里依然会有一个角落执拗地相信着“善恶有报，因果循环”。

7岁之后我就回到中国，一晃十几年未再踏足泰国，对于那个国度的依恋和喜爱随着时光逐渐变淡。但童年的泰国给我留下的印象却挥之不去——那是一个有着瑰丽色彩以及充满温暖的国度。

长大后的泰国初印象

2007年，成年的我第一次回到泰国，却不是为了值得高兴的事。

刚上大二的我接到了父亲从泰国打来的电话，告知我母亲得了脑肿瘤。尤记得与父亲在电话两端失声痛哭的情景，尤记得听见噩耗的那一刻觉得天空都变得灰暗的感受。

其实从小与母亲的关系并不算好，甚至在心里存在着许多的怨怼，怨她对弟弟的偏心，怨她对我不够关心，怨她的冷漠与疏离，怨她的批评与斥责——但是所有的这些怨，在我到了曼谷的医院，见到病床上的她时，都已经烟消云散。病床上的她温柔而平静地微笑，对着我招招手，我走近她身边，还可以闻到护士给她抹上的好闻的爽身粉的味道。她似乎又变回了年轻时候的样子，柔柔的、美美的，像我的姐妹一样。我抱了抱她，相视而笑，我们都没有哭。

母亲的肿瘤正好长在神经中枢，难以彻底地切除。在五年时间里，母亲做了三次开颅手术、一次放射性治疗，肿瘤不可避免地从良性转为了恶性。值得庆幸的是，母亲泰国人的身份让她享受着曼

我未出生前，父母在泰国

父母年轻时候在泰国跑戏班

谷的免费医疗福利，没有让我们当时已经捉襟见肘的经济状况雪上加霜。同时，医院对母亲的照顾也足够精心细致，让我们放心不少。父亲在母亲住院期间依然需要做着生意，只有下午收了工后才能去看望母亲。其他曼谷的亲戚们也一样，大家都要上班，一天中只能抽有限的时间过去探望。可是，无论我们什么时间段过去，护士永远把母亲打扮得干干净净的。尤其到了后期，最后一次手术期间，母亲已经无法自己上厕所和吃饭了，护士们一天帮母亲洗三次澡、换纸尿片、喂饭，我们在医院从没看见母亲邋遢的样子。母亲是那么爱美的人，对于她和我们来说，这都是最好的安慰，在她生命的最后几年，她依然是一个美丽的女人。

母亲的五年病痛，我由原来的不能接受、痛苦，再到接受，最后是感恩。医院的照顾，曼谷的亲友和邻居们的帮助，让我看到了人性的温暖。

母亲因为肿瘤对脑部的压迫，反应比从前慢，脾气也变得更加温和。在清醒的时候，她曾拉着我的手跟我说："对不起，妈妈在你小的时候对你关心不够，也不懂该怎么和你沟通。在你出生的时候，我还年轻，没有做好准备，不知道要怎么样爱你，妈妈跟你道歉。现在你也大了，但是弟弟还未成年，希望以后妈妈不在了，你能够好好照顾他。"聊起这样的话，我们都是平和的、淡然的，没有痛哭流涕。也许是因为经历了这么几年，我们心里已经做过了最坏的打算。

母亲因为生了病，有时候像个孩子，容易满足、容易开心。大伯母也是泰国人，她有空的时候会带上自己亲手做的紫苏炒花甲过来探望母亲。母亲最喜欢吃大伯母做的这道菜，每一次都吃得特别开心、特别满足、饭后还要吃医院里提供的新鲜水果。吃完以后母亲会摸摸自己圆圆的肚皮，跟父亲撒娇地说："我都吃胖了！"

还记得有一次，父亲的初恋情人阿瑛姨带着燕窝罐头来医院探望母亲。父亲当着阿瑛姨的面打开罐头，把燕窝一勺一勺地喂到母亲嘴里。一边喂还一边问："酸不酸？"母亲瞄了阿瑛姨一眼，娇嗔地答道："酸！"大家都笑了。那一刻，我觉得母亲是这个世界上最最幸福的女人。尽管生命已入弥留，依然有这么多人关心和爱护着她。世间纵有再多苦难，也都随着这幸福消散了吧……

如今，母亲已过世多年了，每年我们都陪同父亲去寺庙拜祭母亲，他会带上母亲喜欢吃的水果，在母亲灵前陪她说说话，就像是在拉家常。每当这时候，父亲脸上的表情总是特别温柔，说话不紧不慢，声音不高不低，像是怕母亲听不清楚却又怕打扰到她。我知道，母亲会永远活在父亲的生命里。

慈悲的葬礼

2009年，母亲去世。幸而在这以前我们已经做了足够多的心理准备，并不至于崩溃。

对于死亡，是大多数人不愿直面的问题，我们似乎一直就缺乏对于死亡的认知。记得小时候回农村过年，小孩子只要玩笑间提了“死”就会被大人追着打嘴，连提也不能提！

而母亲这场葬礼完全颠覆了我从前对于死亡的认知，可以说，这是一场渡化，母亲用她的离开换来了我对生命认识的升华。

母亲的葬礼在寺庙进行。按照这边的规矩，葬礼为期七天，邻居、朋友、亲戚都来帮忙，首先让我有所触动的是邻居和父亲的寒暄。父亲请邻居来参加母亲的葬礼，她跟父亲说：“我和你一样伤心！她去极乐享福了，独留你在这个人世悲苦。请节哀，有什么能够一起做的，都可以叫上我。”父亲事后翻译给我听，我很受感动且升起崇敬之意，她不说母亲是英年早逝好可惜，而是说她早早先到极乐去享福，而独留我们在人世间悲苦！我原以为这是她一人的理解，父亲却轻描淡写地告诉我："这边的人都这么说。"从那个时候开始，我才知道，面对死亡我们还可以有这样一种解释。是啊，无论是主动还是被迫，都说命若琴弦，生命的终结都是件太过容易的事，离开不过就是"尘归尘""土归土"，"赤条条来去无牵挂"，于逝者，死亡是一种解脱。但是对现世的我们来说，要活下去，需要更多的智慧和勇气，生活要面对的问题那么具体，责任、困苦、情爱、繁华、覆灭……世间种种反而都是修炼。

连着七天的葬礼主要内容就是诵经，每天的清晨有一场，晚上有一场。在庄严的佛唱中，我虽听不懂他们具体在唱什么，但是我感受到了力量、温暖、勇气，没有悲痛和困扰，我相信母亲在这样的吟唱中一定已经得到了净化和重生。第七天是重要的日子，母亲会连同她的棺柩一起进入佛塔焚化，在焚化前，我们可以选择再看母亲一眼。爸爸中年丧妻，从前的伉俪情深依然历历在目，尽管最近几经开解，仍然不能直面这一幕，他选择在台阶下等候。我和弟弟去跟母亲告别，告别前邻居姐姐特意叮嘱我们："待会儿你们两个要上去看妈妈，因为妈妈已经放了几天，可能样子会有一些变化，但是你们不要害怕，不要惊讶，要记住，那个是妈妈！跟妈妈说话的时候要控制情绪，不可以哭哦！要让妈妈安安心心地走，如果你们的眼泪滴到她的身上，她上天以后就不可以做神仙了！"

我们牢记邻家姐姐的话，上去跟妈妈告别，不知道弟弟跟妈妈说了什么悄悄话，我只对她说了一句："妈妈，在天上也要快乐啊！"

母亲的遗体焚化以后，寺庙里的大师上来再次对母亲诵经，然后让我们把鲜花的花瓣、花水、硬币均匀地洒在母亲的身上。诵完经后让我们直系亲属各自拣两枚硬币和少量骨灰随身携带。大师对我们说："你们的妈妈很善良、很慈悲，她选择了在清晨走，这个时间离开可以庇佑家里所有人，你们带着她的东西，以后都会得到她的保护和帮助，你们家庭以后会非常和睦兴旺的！"

在葬礼结束后回家的路上，父亲长吁了一口气："幸好这个葬礼是在这里办的，没有了那些悲悲切切的东西，要不然，我都不知道我还熬不熬得住！"我又何曾不庆幸，庆幸是这样的一个告别仪式，如果人死后真的会有灵魂，母亲看见了应该也可以放心地离开了吧？而我们，作为亲人，丧亲之痛没有被放大，还因此拥有了继续前行的勇气。

我们的爱情是什么？

人的一生中，由父母带着我们走过前面三分之一的时间，余下三分之二的时间我们将和自己的伴侣相伴同行。如果说和父母的亲情缘分是上天的恩赐，那么和爱人的相遇、相知、相许必定是前世与今生修下的福缘。

爱情是什么？是依恋、憧憬、遗憾、羞涩回忆，是付出、忘我、激情、做回自己……每个人的爱情故事不尽相同。韩老板说："晓丹和我的爱情可以用八个字概括'良师益友，灵魂伴侣'。"对我而言，是因为遇上了他，我的人生从此踏上了全新的未知旅程。

刚认识他的时候是在大一的暑假，我没回家，留在广州打暑期工，本来想去应聘酒吧歌手，但那时年少又土气，而且酒吧怎么可能要一个只会唱民族、美声练习曲的学生。于是退而求其次，为了暑期能留下来，应聘到了学校附近的一家 KTV 去做服务员。上班的第一天晚上就遇见了他，他就像黑暗中突然跳出来的太阳，整个晚上，除了手头上的工作，我的注意力几乎全部都被他所吸引。那天是他们唱片公司的招待宴，包下了我们 KTV 最大的包房，他是唱片公司的签约歌手，穿着黄色高帮靴、七分短裤、白净的 T 恤，蓄着半长不短微卷的头发，类似王力宏在《唯一》专辑里的造型。应他们老板的要求，他懒洋洋地唱了一首《小镇姑娘》，全场鼓掌起哄，于是他又唱了一首《找自己》。一个晚上，他唱的歌不多，但是足够给我留下最深刻的印象，也不是没有其他的歌手在场，但是在那些人之中，他就是那么不可思议地夺目。当时的我就在想：如果有一天，我也可以唱得那么好、那么有范儿，我就心满意足了！

我很希望认识这一群人，于是更努力、更用心地给他们服务，给他们每一个人端茶倒酒时都致以微笑。很快，我的机会就来了。他们连续来了好几晚，第三天晚上，在一个女歌手唱歌的时候，我鼓起勇气跟一个看起来像老板的人攀谈：“她今晚好像状态不太好。”那个老板很诧异：“你听得出来？”我说：“我学声乐的，在学校里是特长生。”老板顿时大感兴趣，说：“好啊！那你给我们唱一首歌吧！”然后，呆气的我真的去点唱了一首民歌……神奇的是，也不知道我是哪一点打动了这个唱片公司的老板，后来真的给我打电话叫我去试音，之后又顺利地进到这家唱片公司做实习生，再然后唱片公司还安排了那个超帅的男歌手当我的师父，说：“你有空就教一下她唱歌，她是新人，你多带一下！”我幸福得简直就要晕倒……这一切的发生不过就在半个月内，我都不敢相信这是真的！在很久以后，在我跟韩老板正式交往以后他告诉我：“第一次注意到你的时候是因为觉得这个服务员好傻、好呆，怎么好端端地会突然跳出来唱一首歌，还是一首民歌，被雷倒了！”我羞愤交加地把

2009 年在重庆

2010 年 10 月在杭州

2012 年 2 月在台州

他捶了一通，并且让他不许再提这件事！可是回头想想，要不是我这么呆气，能认识你嘛！

进了唱片公司以后我都叫他师父，像一条小尾巴一样跟前跟后、默默爱慕，他带我去参加沙滩音乐节，带我到深圳他兄弟家里作客，晚上他们聊宫崎骏、聊电影、聊音乐，我都一问三不知，他兄弟苦哥叹了口气，拍拍他的肩膀，话说得语重心长："东啊，你要给她补的课还有很多啊……"喜欢了他很久，正式交往却是在我大学毕业开始工作之后，也许以后我可以写一本"倒追男神的99种技法"，造福广大的单身女性！

认识了11年，结婚7年，从徒弟到搭档到伴侣，我一直在默默学习和自我完善，我希望自己不再是跟屁虫、小尾巴，我希望能够跟他并驾齐驱、共同历经风雨。他一直是我的精神导师，但在这么多年他对我的少女养成中，我已经逐渐长大，并且找到了在我们俩的关系中，自己的特长、闪光点和自我定位，并把当年的男神一步步喂成了今天的大叔，体型更圆润，性格也更包容了。虽然我嘴上总嚷嚷着："胖东！我要退货，你这个产品变形太严重了，假冒伪劣，差评！"但其实心里很暗爽，现在的他很松弛、很自在，没有那么多的棱角和阴郁，我们的生活里也总是明媚阳光，即使偶尔拌嘴、争吵，也会很快和好。

我们都认为，人首先要有独立的人格和思想，然后才能有成熟的感情，爱一个人不止是想和他在一起，心有灵犀、彼此共鸣才是爱的真谛。韩老板曾经写过一篇小文，当中的一段话让我窃喜不已："如果上天再给我一次机会，我还会选择晓丹同志作为我人生的伴

2012 年 10 月在泰国涛岛

2013 年 4 月在菲律宾“妈妈拍丝瓜”岛

侣。歌中有证‘人生难得再次寻觅相知的伴侣’。好姻缘，我们不会错过。对人伤害最深的两件事，空的钱包和失败的婚姻，我们一样都不想要。”

有人问我：“天下没有不散的筵席，如果有一天你们走散了怎么办，分手了怎么办？”世间没有如果，只有结果和后果。有事没事老去想和一个人能够一起走多久，只能说明自己对这段感情信心不足，与其去想未来，不如努力于现在，经营爱情和脚踏实地的生活道理是一样——选择，然后努力去做。这就是我们的爱情。

2013 年 5 月在菲律宾薄荷

2015 年 9 月在爱游客栈后院

人生得意须尽欢

我和韩老板注定是不安分的人，转变和选择是我们人生的常态，我们抗拒一成不变。两个同样叛逆和自由的人碰在一起，绝对是“不疯魔不成活”，可那又有什么关系呢？只要你足够热爱生活，热爱你的每一次选择，生活一定会回馈给你足够的惊喜！

2008~2009年间，刚刚大学毕业的我两年内换了五种职业。先是一次偶然的机会被看中入行做了平面模特，后又进了化妆品公司做培训师和销售主管，再跳槽去影楼做化妆师，接着去做唱片公司的出纳，最后，在韩老板的培养下做回最初自己真正想做的歌手。这两年的时间，与其说我是在选择，不如说我是在探索和寻找。相信许多应届大学生都曾有过和我一样的迷茫，自己究竟愿意做什么、适合做什么，在刚刚走出校门之时还不太清晰。既然不知道，那就都去试试吧，挑自己喜欢的工作去实际做做看，趁年轻多尝试、多学习总是好的！当我开始入行成为一个歌手以后，我才觉得，这个才是我热爱的、并愿意为之燃烧生命的职业。

和我的“半路出家”不同，韩老板是真正的科班出身，从七岁开始学小提琴，到大学依然主修小提琴专业，后来因为爱上了摇滚，他辍学、又重考，北上、南下，用自己的音乐记录下了他这十几年来的叛逆史。在我遇见他的时候，他就是那么一副桀骜不驯的样子。和这样一个在音乐上格外执着的人一起演出，真是备受折磨。刚开始，每天演出以前，我都会被他骂哭：“音准！你的音不准！”“节奏！你的节奏都不对！”“不行，你必须打着拍子唱歌！”“这首歌是后半拍进，重来！”“重来！”“重来！”……这样的折磨每天都会经历无数次，上台时总是红着眼眶。在那个时期，我并没有像对待之前几份工作一样选择放弃，因为我发现，尽管痛苦、不顺，我却依然热爱着唱歌。我享受站在台上的那一刻，当聚光灯打过来的时候，我觉得自己热血上涌；当我感觉到自己的歌声吸引了听众时，我有一种征服的快感；当我在舞台上尽情挥洒自己的时候，我能真切感受到自己强有力地跳动着的脉搏。

于是，每天从醒来开始，我们就为了在台上那短短的十几分钟而准备，学歌、排舞、练歌、录音，以广东江门那个小小的三线城市为起点，开始了我们这个新组合的音乐历程。从开始单纯地模仿，到逐渐寻找到适合自己的风格，再到挖掘自身的特色和潜能；从懵懂无知连自己要唱什么歌都要问人的新人，到后来连音乐、舞蹈、服装、舞美、灯光都可以一力策划的特色组合；从求演无门的“小虾米”，成长为全年演约不断的嘉宾……三年多，由南到北，巡演三十多个城市，我可以自豪地说，这一路都是我们一步一个脚印地走下来，汗水、眼泪、欢笑与伤痛洒满了这一千多个日日夜夜，对于荣与辱，我们皆无愧于心。

每年除了演出我们还会空下三个月的时间，用于国内外的旅行。工作时保证百分之百地付出，休息娱乐时自然也要保证百分之百地全情投入，蹦极、潜水、跳伞、冲浪，只要身体允许，我们很乐意尝试每一种极限运动。这样的生活一半是海水一半是火焰，有如繁花似锦又如烈火烹油。“人生得意须尽欢，莫使金樽空对月”，全力以赴、尽情欢笑，就是对青春最好的注解。

每一段旅行都是一次修行

旅行的意义在于——离开，然后从一个新的角度回头审视自己。我们来自哪里？将会去哪里？这些问题看似没有答案，但当我们去旅行，行走在陌生的道路上，将会有机会看见更真实的自己，看见生活的真谛。

上天给了每个人旅行的机会，并且眷顾人们的每一步。一路走来，上天化身为各种各样的角色向我们兑现了它的眷顾。它化身成朋友的帮助、家人的支持、美食美景和好天气，让我们感受到生命的精彩。

在黄山，连绵的云海汹涌如潮；在香港，密密麻麻的人流犹如蚁群；在泰国，莲花的露珠折射出七彩佛光；在拉斯维加斯，绚丽的不夜城刺激着人们的欲望；在新西兰，夜里满天的繁星会闪坏眼睛；在菲律宾，麒麟鱼的花纹可以击败绘画大师的手笔……不停地走，不停地想，才发现原来幸福已经在眼前，只看自己是不是愿意伸手去抓住它——每段旅行都是一次修行。

俯瞰美国大峡谷

一个从潜船的楼顶往下跳海的少年

在菲律宾“妈妈拍丝瓜岛”放空

傍晚时分麒麟鱼正在交配

旅行，让我们看到大千世界，尝到百样滋味；让我们看见，原来生活有无限种可能与选择；让我们看见，除去繁华的外衣，在灯红酒绿的背后，我们真正想要的是什么。

如果踏上一片陌生的土地，潜意识里是在说：“我只是来玩几天而已。”那么其实你的心并未移动，只是身体来到这里吃喝玩乐一番，走过了也就如走马观花一般，未曾在心里留下些什么。这样的行程，只能说是旅游，而非旅行。

旅行，需要把心释放出来，与我们要去的地方融为一体。这样会让你跳出原来的环境，重新审视自己。

旅行中是需要准备的。不是准备足够多的装备，而是需要准备一颗随遇而安的心。在旅行中，也许会遭遇人生中极致的繁华与美景，也许会遭遇生命里的“最沮丧”与“最窘迫”，但是，这又有

世界三大电音派对之帕岸岛满月派对

向着明天的太阳飞起一脚（摄于泰国涛岛）

什么关系呢，我们的人生自会因为这些痕迹与烙印，一点点丰满起来，变得有血有肉，不可复制。历尽千帆，才会懂得白水之味。放下自己，试着去进行一场真正的旅行，在旅途中细心寻找当地最生活、最真实的一面，往往这样的东西才最直击人心。

不经历旅行，你不会了解自己与世界的距离。旅行，是一场生命的修行。

韩老板在白沙丘

千帆历尽，择一城而居

对于清迈，也许我们并不自知，应该是从第一次踏足这里，就已经深深地爱上了它。相较于曼谷的繁华，南部海岛的热辣，清迈所拥有的是一种更为宁静平和的气质，每一天、每一个角落都有太多的故事在静静上演。从清晨的寺庙钟声到下午的咖啡和清茶，还有夜晚某个街角酒吧里传出的低吟浅唱，清迈的美，是留给善于发现、懂得生活的人。

第一次到这个小城旅行，我们就选择了在这里停留 20 天。不刻意去安排行程，每天睡到自然醒，每天里一定抽个时间压压马路。晚上会到小酒摊喝一杯，简易的酒摊，几个木板凳，甚至用的是收音机放音乐，却自有它让人欲罢不能的魅力。晚上回到酒店我们还会谈论好半天：今晚过来喝酒的澳大利亚人的直爽与幽默，昨天的德国人似乎非常健谈，前晚的英国人据说爱上了一个 ladyboy，还有那个日本人刻板得很富喜感……

在这之后，我们每年都会找个短假来清迈报到，因为来得多，

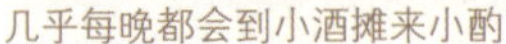
几乎每晚都会到小酒摊来小酌

2012 年结识有趣的小酒摊老板 boy

跟酒摊老板 boy 也成了朋友，他的随性、热情、亲切，就像这个城市给我们的感觉。我们喜欢他，他也一样，喜欢中国人。一年又一年，每一次到访清迈，都见证着 boy 的小酒摊逐渐壮大，换个车子、搭了小棚，再到现在有了一个不算小的院子。也看着清迈这个小城酒店一家家增多，街头巷尾开始逐渐出现中文。但始终没变的，是清迈人的笑容，清迈人的宽容，清迈人的慵懒。似乎一踏上这片土地，再浮躁的心都可以渐渐沉静下来。

从 2013 年 5 月开始，我们越来越强烈地发觉，当时的生活似乎已经变得不够富有挑战性，继续巡演变成了一种重复劳动，工作量不断加大，自主空间越来越小，每天飞行于各个城市之间，身体和心理负担也越来越重。在那个时候，我们已经有了比较可观的收

2012 年就已经在的清迈周末夜市上的街头盲人乐队

入，每个月将近十万人民币的演出报酬已经完全可以满足我们生活和物质上的需求，度假的时候我们可以选择比较舒适的酒店，去消费比较高的国家旅行，工作上也可以买得起比较昂贵的设备。但是隐隐地，心里总像是缺了一块，并且这个缺口越来越大。再往上走当然可以，会名气更大，演出费更高，但是我们的精神和灵魂却越来越无所依托，这已经不是名利可以解决的问题。那些不自由、被操控、不被尊重，始终存在。工作，已经变成了一成不变的模式，自己已经麻木了，激情消失了，就像一个流水线上的工人，机械地加工产品、出售、拿钱……

我们讨论了一个月，决定改变，退出现在的演艺事业，寻找新的激情和空间。我们在当年 7 月停止了所有工作，取消了所有预约和合同，把全部的设备、服装道具，包括原创音乐都整理打包标价出售。这是给过去3年的生活画上一个句号。

我们准备换一种生活方式，在一个我们喜欢的地方，以我们喜欢的方式开创一个新的事业。我们要开一个旅舍，建立一个让所有志同道合的旅行者觉得温暖的小窝。我们希望待在一个有文化积淀的城市，经得住日夜相对、不断探索，清迈无疑是最好的选择。它是泰国第二大城市，却不是大城市的模样，一流的医院、繁华的商场都建在郊外，古城里依旧保持着最初的模样——寺庙环绕，建筑低矮、小巧。它的中心是小镇，近郊现代化，再往外走十几公里就是大自然的馈赠——山林、河流、稻田、草场。没有比这更完美的所在，我们愿意选择留在这里，一切重新开始。

我知道，这世界并没有绝对的天堂与乐土，可是人生苦短，我们能做的不过是遵从自己的本心，去做自己真正想做的选择。

柴迪隆寺的古塔是清迈古城的地标性建筑

参加清迈的特色项目丛林飞跃

终于留在清迈

——就想开间小小客栈

全家出动找房子

7月中旬，我和韩老板抵达了曼谷，第一站当然是我老爸在唐人街的海南鸡饭店。我那反射弧较长的老爸一边剁着鸡一边问我："你是认真的，要来这边做事业？我以为你只是随便说说……"真是冷汗都要下来了！老爸，我看起来是那么不靠谱的人吗？演出设备都卖掉了，你当我是在逗你玩儿？

反应略迟钝的老爷子再三确认后，当然还是举双手赞成我们创业，随即他又怂恿我们留在曼谷帮他扩大他的海南鸡饭生意！"不要不要不要！"虽然我毫不遮掩、避之不及的态度深深伤害了他老人家脆弱的心灵，但是，父爱是伟大的，他依然一如既往地用实际行动证明了他对我们的支持！7月20日，爸爸带上他的新伴侣阿珍阿姨，还有阿珍阿姨的女儿小小，以及正好回曼谷过暑假的我的亲弟弟，一家老小浩浩荡荡地杀往清迈进行实地考察。

于是，一场在古城区地毯式大搜索的行动就这样展开了。清迈和国内不同，没有专门的房产中介公司，那个时候还不认识浩哥，不认识清迈会说中文的朋友，也无从得知任何房产出租出售的信息，只能靠我们自己一家家去问，一般谁家有出租或者出售的房子都会在门口挂上一个牌子。于是，我和韩老板特意学了泰语“出租”这个单词，同时为了提高效率，我们决定一人骑一辆自行车，把会说泰语的老爸和小小带着，分成两组，对每一条巷子进行“盘查”。找房子和市场调研同时进行，看见酒店我们也会进去聊一聊，用各种委婉迂回的方式一点点聊出些对我们有用的信息。

古城面积并不大，整个清迈四方城从南到北才 2 公里，从护城河向外再辐射 2 公里，就算是整个古城区。但是这么一个不大的范围里，小街小巷特别多，要一条条巷子排查过去也是一个不小的工程。我们每天早上八点起床，晚上七点结束一天的搜索，走走停停、边找边问，中午日头太晒的时候就找间咖啡店喝口水、歇歇脚，大半个月过去了，在我的小腿肌肉已经练得无比壮实的时候，我们依然没有半分进展。市场调查是有了结论，这边做得好的酒店确实客似云来，但倒闭转让的酒店也不少，关键还是在于是否能够做出特色以及如何经营，我们当然是满怀信心地面对激烈的市场竞争，只是开头这一步要先跨出去！要找到心仪的地段和合适的房子并不容易，不是投资太大就是租金太高，刚巧都合适的房东又不愿意跟我们签订长租。老爸放不下他在曼谷的两家店，已经先行回去了，而我们咬着牙下决心一定要把清迈的地走穿！皇天不负苦心人，找了将近二十几天的时候，在周六夜市的街道上发现了一家正在转租的客栈。这是我们寻找了这么多天，地段最靠谱的房产。这个酒店原来有房间九间，其中三间没有洗手间，但是没有关系，先谈谈价

一辆自行车 踏遍古城的大街小巷

格。我们约房东第二天见面，晚上我们开心地找了一间好餐馆庆祝了一番。

然而现实总是和理想存在着差距，这家我们看后觉得需要大改造的酒店竟然还要收取一笔价值不菲的转让费，这样算下来，装修加上转让已经超出了我们所能够承受的资金预算。看起来，这家也没戏了，而我们的签证眼看着就要到期，难道就这么打道回府吗?在我们接近绝望的时候，一个会说中文的人联系了我们，她是那天陪同房东来谈转租的房东的朋友，她告诉我们，她其实也有房子在转租，只是当天看我们已经跟她的朋友谈得火热，所以不好意思说出口。我们大喜过望，当天就约在她的房子那儿见面。她转租的房子就在周六夜市旁边的一条巷子里，地段也不错，而转让费不足十万人民币，房间不多，每月租金也不高——就是它了！我们立刻交付了订金，并且约定了交接的时间。

直到这一刻，我们的心才在这一个多月的跌宕起伏中略略安定了下来，最起码，我们的梦有了一个落脚点。尽管接下来的路还很长，正式合同还没签，要学泰语、做设计、装修、招聘员工、做管理系统……可我们不会因为前路艰辛而畏缩。因为有了坚定的目标，所以义无反顾地斩断退路，向着理想的方向狂奔而去。

装修不是件简单的事

9月的清迈，依旧十分炎热。22日和房东签完房屋租赁合同，心里的压力并没有因此而减轻多少，等待着我们的是对客栈的重建和装修。

我们租下的这间民居原本也是一间客栈，之前的客栈定位是面对欧美背包客的青旅，所以没有独立的房间，而是按照床位出售，一个大房间住4~5位客人，每张床位200~300泰铢。公共洗手间、公共浴室、无空调、无大门、无大厅、无……基本上就是一个空的木结构的二层楼房。没有花园，也没有任何植物，并且格局不好，三个公共洗手间排成一排，出门就是厨房，各个门窗位置都不合理，院墙和房屋主体之间有大约2米的隔空地带，堆着一些杂物，没有专门的布草间，完全不具备接待中端客户的条件。

就是在这样的情况下，我们开始了开客栈的第一场冒险。

难题一，不懂泰语。我们此前就在清迈呆过一百多天，我童年

改造前的客栈正门

改造后的客栈正门

掌握的那点泰语也基本上忘光了。眼下要找到人来帮我们建房子、搞装修，最重要的是能与他顺利沟通，真是个大难题。还好房东帮了大忙，房东的一个亲戚是一个包工头，手下有十几号人。工头姓丘，丘工头最大的优点是会说中文，所以别无选择地我们只好请他来主持施工，而在开工的初期他对我们两个泰语盲的帮助真的很大。那时候，我们俩会的泰语单词加一起不够50个，一不会说，二听不懂，全靠手语和画图跟工人交流，工人脸上挂着笑，对我点点头，其实我知道他也在努力地猜，微笑点头不是懂了，而是完全出于礼貌，猜对了就能做对，猜错了又得重新比画一次，那叫一个累。

出去买建材两个人更是都不愿意说话，主要是，说啥啊？心里想了一大堆词，刚一句“萨瓦迪卡”，就没下文了。建材商店的店员特热情地问我们需要什么，他越热情我越心虚，最后只好说声Sorry走人，去旁边消消火，查一下要买的东西名字怎么说，尺寸长短怎么说，对着有声字典练习两遍再去询问。

就因为这个语言不通，吃了不少哑巴亏。看不懂说明书，安装出错；看不懂购物单，被工头偷工减料；无法和工人交流，工程进展缓慢。在这个“危机时刻”，伟大的晓丹同学勇敢地站出来了，向“不懂泰语”发起了挑战。她的方法很简单，比画一个东西让泰国工人猜，猜中之后工人必然会说出来，晓丹再来猜泰国工人说的是不是她自己说的。方法虽然很笨，但效果极好，因为建筑工地上常用词就那么几个，掌握了关键词语，再辅以手语和图纸，不明白的再问丘工头，基本上错误率减少了50%。

难题二，不懂装修。两个人有设计思路，但完全不懂装修，向工人发出指令后就一边凉快去了。施工中间的过程和细节，全靠工人们自己。工人做完了，我们一看不对，叫丘工头重做，工头问我怎么做，我傻眼了，工头也傻眼了。

难题三，预算严重超支。由于错误地计算了工人的工费，意外地增加了设计师费用，以及因不了解泰国建材市场而增加的费用，使得装修的花费比预算超了一倍。这个难题确实让我们非常头疼。语言不通可以学，不懂装修可以问，没有资金怎么办？一时之间装修陷入了困境，我们开始四处借钱。先是跟家里借，双方家长给予了我们极大的支持，先后筹了近20万人民币，我们又向朋友同学东拼西凑了几万，基本上解决了资金问题。自古开口借钱难，大家

需要大力改造的后花园

重新改造后的后花园

的支持让我们感受到雪中送炭的温暖，借此对给予我们支持的亲人、朋友说声："感谢你们！"

晓丹和我白天在工地和建材市场忙活，晚上回到家再思考新的创意和需要改进的地方。一转眼 2 个月过去了，客栈初具模样。

泰国工人的效率真是不敢恭维，早上 10 点，甚至 11 点才到工地，下午 4 点多就收工，中间还要除去吃午餐的时间。因为我们这个客栈工程量小，工头还在其他地方接生意，三天两头有停工现象，多少次到工地发现一个人都没有，心里一凉，今天又报销了。

眼看马上就到元旦了，离我们计划的新年开业，时间已经所剩无几，我和晓丹心急如焚，再拖下去房租、人工费就会把我们拖垮。果断地，我们向泰国的家人寻求帮助，在清迈二姑父的帮助下，找到了另外一位泰国工头，我们称他"屁咩"。屁咩比丘工头业务好，人也有责任心，在我们的要求下，每天加班到夜里十一二点。当然，加班费是少不了，不仅给加班费，还给工人们提供晚餐和酒。

今天已经是 12 月 31 日，明天就有第一批客人要入住了。望着天上的孔明灯，看着晓丹忙碌的身影，我想，新的一年一定会充满希望。

（韩东）

遇上你是最美的意外

人和人的相遇有时候需要机缘。从这一点上来说，我和韩老板都算是福缘深厚的人。人的一生永远不可能单打独斗，我们不仅需要伴侣，更需要朋友、伙伴，我们很幸运，在这一路上遇到了许许多多乐意向我们施以援手的人，每一份情我们都记在心里。

在这么多的缘分中，最让我们觉得奇妙的还要数和设计师 Zoi 的相遇。

那是一个傍晚，我们原本要去找我们的中国朋友——开中餐馆辣子村的米佳聚一聚，因为当时正值晚饭时段，米老板店里生意太好，高朋满座。于是我们约好在附近找一家咖啡店喝点咖啡，等等他。

走了没几步，看见了一家店，格外独树一帜。这家店的主要色系是红与黑，红色的阳伞，红色的隔板，黑色的落地玻璃滑门，黑色的复古摇椅，风格强烈，个性鲜明。我和韩老板怎么会错过这样的地方！当我们进去坐定，仔细环顾四周，才发现这真的是一家可以细细推敲、慢慢欣赏的小店。来自中国的年代久远的大鼓放上黑色大理石板当作桌子，黑色哑光的桌面无论放上什么都流露出一股子奢侈的味道，而鼓身上的旧铆钉和开裂的木纹却又不经意流露出沧桑的年代感和历史感；吧台的高凳也是用中国风格的古董椅子改造而成，最奢侈的是在坐垫和靠背的正反面用了三张同色系澳大利亚胎牛皮，并且只选用最正中、最柔软的部分；店里摆放着很多用大理石原石打磨而成的器皿，包括纸巾盒、烟灰缸、香薰盒，等等。除此之外，过道处有一个做工考究的日本古董马鞍，长沙发看得出来是20世纪60年代的西班牙经典款，茶壶是真正的日本手工铁壶，连看似不起眼的玻璃器皿，细细端详之下发现竟然来自瑞士某知名设计师品牌！

走进后花园则更为震撼！这是一个有着强烈日本诧寂风格的花园，黑色沙砾，木桩形状的石墩，古典款式的大理石桌，满眼绿意、生机盎然的各种蕨类植物，店主还向我们细细地介绍每一种植物，以及哪些是常见植物，哪些是珍稀树种。在这个花园只需小坐一会儿就会觉得酷暑全消，人的浮躁和负能量一下都褪尽了。

韩老板点了一壶店主推荐的日本清酒，而我尝试了他们家的甜点套餐，食物一入口，我就知道这家店的主人是一个活得多么精致挑剔的人。而连韩老板这种阅酒无数的人都对他们家的酒赞不绝口，连着尝试了好几种，他们家的消费在清迈来说不算低，但是出品的品质绝对对得起这个价格。

吃着喝着自然就跟店主慢慢聊得越来越深入。店主Zoi的曾祖母是中国人，因此家里有许多精致的中国老物件，在祖母的耳濡目染下他对于中国传统文化也有着特殊的喜爱，所以我们才会在他的

红与黑

吧台区（图片来自卜亦然）

店内一角（图片来自卜亦然）

店里悬挂着古老精致的马鞍（图片来自卜亦然）

精致又美味的餐品

店内看到这么多中国元素。Zoi 的经历很丰富，他本科是在泰国学设计与金融，后来去英国萨里大学念了两年半的硕士，主修国际贸易。留学期间，他一直逃课去旁听设计艺术专业的课，课余在校外兼职当设计师。

毕业后，他辗转在英国、新加坡、日本、美国工作，直到六年前在曼谷与 Tomokazu 相遇，两人开始一起在泰国和日本旅行。Zoi 在曼谷有自己的植物园，同时做一些贸易生意，但是拥堵的交通和繁忙的都市节奏让他感到疲惫不堪，于是他和Tomokazu来到了清迈，开了一家艺术茶室。Zoi 说的一段话让我们深以为然，他说："虽然曼谷更适合经商，但清迈把生活还给了我。于是我说服 Tomokazu 从日本来清迈，并告诉他'人的一生，需要给自己真正热爱的事情留点空间'。"因为店铺的装修看得出来很花心思并且价值不菲，因此我问起 Zoi 这家店的租期，他告诉我合约只签了一年。一年！我极不淡定地问他："如果过了一年屋主不愿意再续租给你怎么办，你的装修不就都打水漂啦？"他老人家竟然很傲气地回了一句："Who care？"好吧，您老人家有钱任性！

因为聊得投机，彼此理念一致，又想起我们自己的花园设计还毫无着落，于是我们跟 Zoi 请求是否能够帮我们设计酒店的花园部分，因为我们俩实在对植物一窍不通。没想到，仅仅第一次见面的 Zoi 竟然会一口答应，并且效率很高，他看了自己的日程表决定第二天就到我们店里去看看。

从第二天开始，我跟韩老板就被这位曼谷设计师震撼到了，他开着他张扬的黄色宝马跑车，带着我们穿梭于清迈各处大大小小

设计师 Zoi 和他的日本搭档

的植物园之间，用他的曼谷速度把我们带进了高效的工作状态。也许是受到日本好友 Tomokazu 的影响，他对花园里的每一个细节都近乎苛求，就像对他自己的店铺一样用心。我们的花园也因为他的用心而变得一点点美丽起来，直到今天再回首，我依然觉得，遇上 Zoi 是我们最美丽的意外！

定制的复古拼色沙发，铺着艳红纱笼的木箱子茶几

孩间的约定而非女孩儿们的闺房。直至前些日子回国，一个好友的表妹说道：“你这个房间，让我想起了《致青春》！”没错啊！只有这个名字最贴切，可以同时装进男孩和女孩们的故事，不论是兄弟还是闺蜜，都可以在“致青春”里住一晚，向那绮丽而梦幻的青春年华，道一声晚安。

有一就有二

“一生二，二生三，三生万物……”我从不曾认为我们的终点就在这小小的八间房，我们一定会走得更远。“爱游”就是要创爱的事业，游更大的世界！但是，我未曾预料到，在客栈开业不到一年的时候，我们就有机会筹备第二家店。不得不说，这是一个最最美丽的意外。

这个意外开始于我跟韩老板追求“腐败生活”的念头。刚到清迈创业时，我们为了方便照顾客人，就近租了客栈旁边的公寓。住了将近 1 年，客栈的运营也接近正常化，我们就计划着要改善生活，要养几只宠物，要住独栋别墅！于是，我们开始托左邻右舍帮我们打听离我们客栈近的房子，并且要有院子、要有厨房。

打听了将近 1 个月，在我们几乎要放弃对周围区域的搜索，计划搬往古城外的其他地区时，邻居传来一个好消息，说在旁边的巷子里有几个租客刚刚退租一个院子，问我们要不要去看看。这真是一个让人喜出望外的消息，我们立刻央求邻居，设法联系了房东，

别院原貌

改造后的爱游别院

约好隔天去看房。邻居还帮我们问到了房子的租金，虽然价格超出我们的预算不少，但我们依然打定主意先看看房再说。

第二天在邻居的带领下我们仅仅步行 100 多米，就到了招租中的院子，进了院子，看过楼上四个房间以后，我就坚定地对韩老板说："这里我要了！"这是我从前很少有过的感觉，一直以来，我们俩都是对物质的欲望不太强烈的人，不太执着于拥有，富日子富过，穷日子穷花。但这是第一次，我看见一个院子，竟然会有强烈的愿望想要在这里安一个家。这个院子不大但空间充足，房子内部尚需改造但是总体格局非常好，不需要重新走管道或是敲掉任何墙体，只需要软装和重新添置家具。接触之时发现房东人也非常善良，算是难得的办事效率超高的清迈人。地段好，闹中取静，交通便利，院子又合意，房东又好说话，还有什么理由错过这里？

第三天我们就签订了租赁合同，第四天就开始动工装修。这一次的装修，我们已然驾轻就熟。我们决定这次的设计由我们自己独立完成，包括园林部分在内，不再假手于人。头脑的高速运转真是一件让人热血沸腾的事，我们似乎又回到了刚到清迈、刚刚创业时那种忙碌、充实又兴奋、紧张的生活中！韩老板的摩天轮鞋架、餐盘装饰墙、电话亭楼梯灯都得到了我的大力称赞！而我购置的窗帘、墙纸，以及装修配色、园林设计等部分也获得韩老板的不断夸奖！这一次的装修少了许多纠结和忐忑，在周围朋友们给出的参考意见中，我们不断调整、完善，看着这个院子一点点变得充满生机。

事情的发展逐渐有了它自己的步调——随着别墅的装修日趋完善，想要和更多人分享这个院子的念头就越来越抑制不住！我相信

改造前的老楼梯

改造后的旋转楼梯

很多人出行时都会有和我一样的需求，带着一大家人一同旅行的大部队，一定都会需要这样一个院子！可以做饭，可以喝茶，可以泡澡，孩子可以撒欢儿、自在地跑，老人可以打牌，文青可以看书，院子里可以偷菜，花园里可以画画，全家人晚上还可以来个小 party。不只是家人，一大帮朋友出游也很适合住在这里，这个院子跟别的酒店最大的区别就是有家的感觉。

这个院子才是我们俩真正意义上的第一个完整的作品，是完全属于我们的设计。这个新家我们愿意让更多人知晓，希望能够吸引更多和我们志同道合的人，一起感受这份美好！有了这样的愿望，我们在装修设计时更加用心细致。于是，一不小心，越装越多，越修越觉得还可以做得更完美，当然，装修时间也越拉越长。

历经半年，在 2015 年的春节，和去年客栈开业几乎相同的时间，我们的别院正式开门迎客了，经历的时间虽长，但是最终的成果让我们感到非常欣慰，虽仍有不足，但是已经那么接近我们心目中理想院落的样子。别院和客栈的风格不同，客户群体也略有不同，但相同的是，都盛着满满的爱，与来到清迈的朋友一同分享，分享着我们眼中的清迈，分享着我们所感受着的清迈生活！

爱游别院欧风套房

改造后的主卧阳台适合和爱人在夜晚小酌一杯

爱游别院花园吸烟私聊地

停车场改成了绘画音乐抽烟区

现在做的事是为了对得起当年吹过的牛

题目的这句话其实是韩老板很长一段时间挂在嘴边的“名言”，当然，现在他的口头禅又换了。只是，这一句，我觉得是我们很多时候的状态的写照。

在我们移居清迈，开了客栈，又开了别院以后，常常会有知情或不知情的客人、朋友们问我们：“到底是什么原因和动力让你们做出这样的决定，是什么样的勇气和决心才能让你们放下国内的一切到一个人生地不熟的国度重新开始？”我想说坚持和放弃哪一个更容易，从来就不是我们人生中难以抉择的命题。对于我和韩老板而言，我们真正需要面对的困难，是看清自己。人生的路很长，人生的精彩正是由于它的未知。那些一眼望到头的生活，那无波无澜看似安全的生活环境反而不适合我们……我们需要在每一个重要的人生抉择的十字路口上，一遍遍地问我们自己，究竟想要什么，究竟想要过什么样的生活，究竟想要做什么样的自己？当我们不断地对话、思考、辩论、沉浸、反思，最终做出决定时，我们唯一需要做的就是相信自己，朝着目标努力，无论遇到什么困难，都要对得起自己的选择。

曾经在豆瓣上看见过一段文字，深以为然，大意是说顺应自己的内心做出选择，并不是多么困难的事，而是人的本能；相反，勉强自己坚持去做一件违背自己意愿、不是自己真心喜欢的工作才需要更多的勇气。不论是做自己热爱的或是不喜欢的工作都需要付出同样的努力，都需要面临一样多的困难，那么，为什么不选择自己发自内心热爱的事情呢？这样的话最起码在遇到困境的时候，还可以告诉自己，这不就是我爱的吗？为了这个“爱”，吃点苦，碰点钉子也同样甘之如饴。

回到韩老板说的这句话“现在做的事是为了对得起当年吹过的牛”，还真是！我上高中时就说，以后要做一个歌手，要做一个职业的歌手！于是兜兜转转，想方设法“勾”上了韩老板，从一只“小小虾米”开始往上爬，一起做了一场汗泪交织的明星梦，就像玩游戏通关打副本一样，一关关地过，一层层抽丝剥茧，却在潘多拉宝盒即将打开的那一刹那，戛然而止。为什么？因为越接近答案，我们越清楚地了解到魔盒里面藏的是什么，原来里面的东西并不是我们真正需要的。

一个转身到了清迈，这么彻底的转型，语言加地域加跨界加境外创业的多重挑战，怎么会没有困难。但是自己选的路，无论如何都要走出个样来！

移居清迈一年多，看见许许多多的人来了又走，走了又来，许多人选择在这里开始，也有许多人带着满满的失落离去。每一天，都有许多店开张，每一天，也有许多店悄悄“死去”。清迈，不是一个开什么火什么的传说之境，它是一茬茬本地土豪大把撒钱，不求盈利，只求开心，任性地堆出来的“小清新之城”。对于外国人而言，在政策明显偏向和保护本国人的地方，在这个土地私有制的国度里，想要扎根下来，需要付出更多的努力。其实，对于此前完全没有从商经验的我们来说，创业初期是在不断的危机和困境中熬着的。比如2014年的三四月，就是我们的一段冰冻期：我们两个满怀理想，头顶着一堆梦幻泡泡，在一个200多平方米的小空间里，花掉了将近100万人民币，然后眼冒爱心地殷切盼望着客似云来……结果，一个客人都没有！我们俩天天站在门口望啊望，望啊望，绝望中甚至在考虑是否应该想想转让、卖店的相关事宜。

特意来探望我们的老朋友“鱼叔”一语惊醒梦中人：“你俩啊，把酒店都上线到各大订房网站了没啊，在网络上进行宣传营销了没啊？就靠你俩朋友圈里那几百号人，到猴年马月才有人知道你们家啊！”是啊！我们啥都没做，凭啥就开始打退堂鼓了呢？好吧，重新振作，该宣传宣传，该学语言学语言，该好好服务就再用心点服务，在笑眯眯地把感觉不错的客人送走之时，厚着脸皮再多说一句：“亲，记得回去写好评哦，记得帮我们多多宣传哦……”

就是这样，这个世界用它最直接的方式告诉你付出与回报的比例，理想与现实的距离。后来，当然不是就此一帆风顺，追梦路上永远是一个问题叠着一个问题。可是，只要你还相信自己，只要你还确信自己的选择，那就千万不要放弃！那些吹出去的牛宛如泼出去的水，唯有硬着头皮，大力挥舞马鞭，在这条滚滚红尘路上一骑绝尘，前进到底了！

亲手为客人布置的蜜月房

茶

为入住的客人准备的冰毛巾和欢迎饮料

幸好有你们

一个客栈就如同一台机器，它的正常运转离不开每一个零部件的配合。从前我们习惯了单打独斗，要经营企业，要学习管理，一时之间真不是一件容易的事。而清迈人，又实在是这个市场化的世界中的一朵奇葩，单纯的以利为先打动不了他们，当你以为当老板就可以颐指气使，他们第二天就会让你学习到什么叫作“治人者恒被治之”！在经营民宿的两年中，我充分体会到了这个世界真的不是按照你以为的逻辑运行，人有百种，端正而谦卑是在这里最有用的交流方式。

我们开业的头一年，常常觉得人很难招，招到了也未必留得住，大价钱留住了也未必好用。第一年，人事变动很频繁，常常是我们在店里累得半死，员工在旁边抄着手看我们忙，更别说我们人不在店里的时候了。泰国的平均工资标准是 9000 泰铢，我们家给员工的工资大约在 12000~15000，却依然很不好用。不是员工自己待不住，就是我们实在受不了他们的懒散而把他们开除。

现在回过头看，由于语言障碍而沟通不畅固然是一部分原因，而更多的是管理制度上的不健全和我们习惯的那套管理逻辑的错误。员工人品上有问题时千万不能因为怕遭遇人很难招的窘境而选择得过且过、视而不见，而勤勤恳恳的员工在这边往往会表现得比较一根筋，用过去的眼光来看他们属于不太灵光的类型。刚开始，我因为暴脾气会常常被她们气到跳脚，也在冲动之下脱口而出过“你怎么可以这么笨”这样的话伤害到她们的感情，也曾经因此失去过一个真正的好员工。清迈人最显著的特征就是受不得气，工资再高也比不得自己做得开心更重要，将心比心，我们自己又何尝不是如此。在这里待的时日久了，慢慢学会收敛脾气，慢慢懂得观察谁是真正踏踏实实干活的人，也慢慢学会了多一些耐心、多一些体谅。这里的人用事实告诉了我，这个世界上，还有许多人并不是我想象的那个样子。有些人的“一根筋”也许并不是因为笨，而是他们不屑也不愿意耍小聪明、玩心计。把合适的人放到适合他们的岗位上，也许就会让他们焕发出前所未有的光彩。

2015 年，员工结构已经趋于稳定，两家店终于可以在我们偶尔不在清迈的情况下正常运转，制度也在客户的反馈以及我们的实践中一步步完善起来。

清洁工 Man 是个娇小的女孩，因为父亲患有癌症，期间曾经因为父亲的病情而离职 1 个月，因为她干活细致、尽忠职守，我们在她处理完家事以后极力劝她重新回来上班，因为她的父亲病重我们还曾给过她特别补助，幸而后来切除了肿瘤以后，她父亲的情况有所好转。这是第一个我真正用心去聆听她的生活，去做深度交流的员工。经过那一次以后，她对我们产生了很深的感情，在后来即使是和其他员工产生了矛盾，或是因为人手不够而导致她一个人负责两家店的清洁卫生时，她都从未想过离开。店里的事情千头万绪、细碎烦琐，有时候是送洗公司出了问题，有时候是其他员工突然有个头疼脑热，Man 都会义不容辞地承担起责任，去找新公司，帮其他人代班，招聘新员工，忙不过来的时候还义务加班，但她从来没有向我们索取过额外的薪金或者报酬。她总是说在这里上班很愉快，老板很好，薪资福利她很满足。被她所感动，我也常常会送她一些小礼物，她总是很开心地收下，然后工作得越发卖力。大多数清迈人就是这样，当你把真心交付给她时，她绝不会辜负你的真诚。

Jing 是来自大山里的少数民族，没有泰国籍，在企业上班需要去申请工作签证。她从前是水泥工，因此在做我们酒店的工作时觉得格外轻松。但是她不会英语，甚至连泰语都不太灵光，她学习能力较弱，做事一板一眼缺乏思考，再加上她的泰语带有口音，我刚开始和她沟通的时候颇有些不耐烦。直到后来，我的高中同学到访，跟我好好夸赞了一番她工作细致的事情，比如房间的日常打扫很干净，帮我同学把衣服和所有私人物品都整理好摆放整齐，连耳机线都缠好摆得很规整。从那时起，我才开始反省自己是否对她太过苛刻，我后来有仔细观察她的工作，发现她虽然学得慢，可一旦学会就会踏踏实实地做，从不投机取巧。她虽然一根筋、有点轴，但是说实在话，她的一板一眼使得她的工作比 Man 更为细致。在那之后我对她宽容了许多，但是依然会有被气得跳脚的时候。有一次她倒掉了我辛辛苦苦泡发了 8 小时，又挑毛挑了 1 个小时的两盏燕窝。当我问起时她一脸无辜地说：“那不是隔夜的粉丝吗？”于是我又再一次不冷静了。然后她在听说她倒掉的是将近 2000 铢的燕窝时很惶恐地跑出去在外面的公共垃圾桶里翻，然后拿回来一坨黄黄黑黑、面目全非的东西问我能不能将就吃，看着她诚挚的眼神，我瞬间连发脾气的力气都没有了。她也有让人心疼的时候。我们店里凌晨时没有夜班员工，因此需要她睡在我们客栈的单人客房，客人凌晨退房或者入住她都可以帮着解决。但是后来我才知道，她根本没有去睡客房，而是一直在布草间打地铺。我替她觉得委屈，于是极力劝她搬到客房去，她憨憨地回答我："布草间很舒服很自在啊，不用开风扇，也没有蚊子，布草的味道都香香的。"几劝无效我也只得由她去了。

还有前台的 Fai，年纪轻轻就当了未婚妈妈，上有老下有小，一天要打两份工。晚班的 Pear 想跟外国男朋友结婚，于是拼了命地加班存钱，想办个风风光光的婚礼。她俩有时候会争吵掐架，无非是为一点鸡毛蒜皮的小事，你替不替我顶班，我帮不帮你洗杯子一类。Man 说，其实她们是在争宠，想争着看老板喜欢谁比较多。我在多次轻轻调解无效以后说了狠话，再吵架影响到其他员工士气就两个一起开除。这么说过后，这俩就老实了，没过几天又亲亲热热得像两姐妹。虽然她们这方面幼稚得像小朋友，但是实际上在工作的时候都很认真，Fai 甚至可以帮我们做会计表格、考勤表，最近还一并接管了店里买花插花的工作，而且做得有模有样。正是有她们在，才能让我们从烦琐沉重的日常事务中脱身出来。

在跟员工的交流沟通中我也常常会学习了解到一些我从前未曾接触过的知识，在这个过程中我逐渐放下"执我"，试着对每一个人多一些理解。时至今日，客栈的好口碑离不开每一个成员的付出。在爱游的大家庭里，我们希望能够努力做到不抛弃、不放弃，团结帮助每一个成员。在我们家里，一个都不能少！

小城故事

“好吃民族”的市集情结

有一天跟韩老板到罗宾逊背后的商场去买东西，正好看见广场上在做活动，活动内容未知，但是一如既往地摆满了各种小吃摊，泰国人民似乎总是通过各种小吃摊来烘托节日、活动的氛围，一场没有吃的活动一定是残缺的！

泰国人民爱小吃、爱摆摊、爱热闹的习俗，在20多年前我就早有领教。彼时我还是一个有着良好用餐习惯的好宝宝，因为父母远在泰国创业，我在国内被托付给爷爷奶奶、叔叔婶婶教养。婶婶对我的要求很严格，每到饭点就会把打手心专用的竹篾放在饭桌边上，以对我造成足够的心理威慑。于是，才2岁多的我已经可以乖乖地自己上桌、自己盛饭、自己夹菜、自己吃干净碗里的饭。直到现在，婶婶说起我小的时候都觉得无比怀念：“你那个时候是真的好乖啊！”这样良好的用餐习惯在3岁多被父母接到泰国以后就彻底改变了。那个年代，泰国的经济发达程度尤在海口之上，父母带着我跟着剧团在泰国的各大城市演出，每次剧团所到之处一定会密

美食是集市上永恒的主题

密麻麻地摆满了小摊，有各种吃的、用的、玩的，这对小孩儿来说，简直是无法抵挡的诱惑！那个时候，每天晚上我怀揣着爸妈的同事们偷偷塞给我的零花钱，从夜市的摊头吃到摊尾，再在剧团演出结束的时候冲到舞台的最前方去捡糖果吃，泰国的夜市在我记忆中就是那样——欢声笑语、热气腾腾、有歌有舞、有吃有玩。从那时开始，我便再也没办法在家里好好吃饭了，对于当时年少的我来说，夜市上冒着阵阵香气的各色小吃远比不善厨艺的母亲做的家常小炒好吃，尤其是摊位上那些个胖乎乎、笑容满面的老板娘，也似乎要比板着脸逼我吃正餐的老妈更为亲切迷人。

对于泰国的依恋也许就是在这样的吃吃喝喝中得以增加，于是在二十几年以后我再一次光顾清迈的周末夜市之时，我会觉得这里的一切都没有变，还是三四岁时吃到过的那些糕点，依然是多年前闻到过的那种香气，亲切感油然而生，眼前摊贩们的笑脸与多年前记忆中的那一张张笑脸重叠，这真是一座念旧的城市！再后来，待得久了一些，了解得更深入一些，当然就知道了清迈不止一个周末夜市，光是在古城区，就有周六夜市和周日夜市，远些的还有分散在各个近郊的周末夜市。除了夜市还有许多开在郊外的早市，比如杭东方向的周六早市，孟买市场附近的周五早市。对于泰国这个爱吃、好吃的国度来说，吃永远是集市的主题。以各色小吃摊为中心，再辅以一些手工艺品、绿植、原创衣服、包包等小摊，就组成了一个琳琅满目的集市。

清迈人的淳朴善良也依然没有变，在清迈的集市上你永远不会遭遇“狮子大开口”。曾经有很多住客问我，夜市上好不好砍价，应该砍多少？我的回答都是如果上500铢的东西，或者买了很多件可以尝试着跟店主说一说，求个折扣。但是一般而言，也没办法砍得太多，原本就是小本生意，报价也不是虚高。

对于泰国人来说，一周至少赶一次集的传统由来已久。而清迈，作为泰国第二大城市，集市的规模和数量自然比别处更大、更多。周边其他城市的居民也常常到清迈来赶集，我们也常常在需要补给的时候逛一逛周末集市，需要淘便宜的二手货时去二手集市，想要买日用品或者衣服周六夜市就有，周五早市可以买到有家乡味的中国食材，杭东的周六早市连耕牛都有得卖，周日夜市我们则是每个月都去扫一次货，时常能够发现一些新的原创商品……但无论是哪一个集市，无论这个集市侧重的主题是什么，总有一点是一致的——爱吃的泰国人民一定会不遗余力地在每一个集市上都喂饱你，即使你没有买到心仪的东西，至少能够保证把你的肚子塞得满满的。

好看又好吃的特色小吃椰蓉薄饼

市集上的寿司便宜到令人发指

咖啡是这里的节奏

清迈人爱咖啡，爱喝咖啡、爱做咖啡、爱种咖啡、爱开咖啡店。在清迈，除了可以“转角遇上爱”，还可以转角遇上你心仪的咖啡店。这个城市的慵懒气质和散漫步调，无一不散发着一股咖啡的味道。

在这里待久了，我也逐渐受到这种咖啡文化的影响，渐渐爱上喝咖啡的感觉。天热的时候想去喝咖啡，到咖啡馆里坐着吹会儿空调聊聊天也好；写作的时候想去喝咖啡，让咖啡的气味伴随着我发散的思维，写出一些有咖啡味的文字；无聊的时候想去喝咖啡，给自己一个完全放空的下午，看咖啡店门前人来人往，看时间流过……

今天下午，清迈的一个群里大家在讨论关于室内装修的话题，有个女孩想把她在清迈的别墅装修成有些咖啡馆风格的感觉，还想做个旋转楼梯。群里于是开始各种出谋献策、议论纷纷，几个在这边开了店的朋友纷纷调侃：“转角楼梯，玻璃房子？别跟宁曼路那些店学些‘不正之风’，他们都是疯子……”“哈哈！是的，他们都是不计成本、不在意钱的‘土豪’，小 A 别跟着学坏啦！”“没错没错，别跟‘神经病’学，会把你也变成入不敷出的‘神经病’！”……没错，在清迈，是有许许多多这样奇怪的咖啡店主，不仅是在有名的小资街宁曼路，在其他许许多多的地方，甚至郊外的某个犄角旮旯里，他们默默地花了很多钱装修，买上好的咖啡设备，为自己建造一个咖啡王国，不为盈利，只为自己喜欢。他们不在乎有多少客人、有多大名声，但很介意自己的风格是否出众。

这样的生意理念在我们看来也许是非常难以理解的，我也无法解释为什么会有这么多人来清迈如此“任性”地创业。但我在与许多泰国朋友的交流、观察中，倒是得到了一些零散的信息：其一，虽然泰国整体经济水平不算高，但是这里的中产阶级所占的比例并不小，开一间有风格、有情调的小店对于他们而言并不算太难；其二，也许因为土地私有，这里的人对于挣钱这件事表现出来的态度普遍比较从容，专注自己的经营，用心做、慢慢做，总会有收获；其三，落脚清迈的人似乎都像“生活家”，选择这里要的是慢、宁静、田园牧歌，在这里开店重要的不是挣钱，而是做自己喜欢的事，修身养性。

说了这么多，如果你觉得清迈的咖啡店只停留在玩格调、拼装修的阶段，你就大错特错了。除了店面风格吸引人、氛围能留人以外，咖啡的味道才是各家店制胜的法宝。我的咖啡启蒙课来自宁曼路3巷路口的Ristr8to，店主曾经参加过世界咖啡拉花艺术大赛并获得第六名，是最初宁曼路上众多咖啡师“朝圣”的地点。而对于我而言，他们家的亮点不在于拉花技巧，而在于他们自家烘焙和搭配的咖啡豆。其中有一款叫作black hand的豆，因为豆本身的甜味有五颗星，

大名鼎鼎的 Ristr8to

Ristr8to 家的咖啡

装修复古又清新的咖啡馆

酸味、苦味都略淡，做成拿铁以后，像我这样的菜鸟都可以完全不加糖并且喝出其中的妙处。若非要形容这款咖啡的味道，就是柔滑、甘醇、香气浓郁，入喉很顺、很美妙。从那以后，我就爱上了喝咖啡的感觉，清迈大大小小的咖啡店，只要有朋友推荐，我总会找机会过去尝尝。慢慢地自己对咖啡也有了更多了解，也知道了原来许多店都有自己的独家配方，甚至有的咖啡店还拥有自己的咖啡豆种植园。我对咖啡的研究并不够深，但是逐渐能够分得出来，哪些店的咖啡我喝了以后很舒服。对于咖啡爱好者来说，这就够了，不是吗?

你若来到清迈，千万不要忘了抽空坐下来喝杯咖啡。遇到天大的事，发再大的火，也请先坐下来，喝一杯咖啡再说。

咖啡之旅，邂逅任性店主

没错，这篇依旧说咖啡。如果说上一篇咖啡文是入门级，这一篇就是进阶升级版。清迈多如牛毛的咖啡店恐怕会让选择困难症患者抓狂，咖啡店的颜值和专业度尚是小事，最最需要慎重了解的是——你要去的那家咖啡店，它今天开不开门？

受清迈的咖啡文化熏陶两年多，我见识了许许多多特立独行的咖啡店以及它们身后的奇葩店主，尤其是无数次我在同一家咖啡店吃了闭门羹以后，我痛下决心要写下这篇“血泪史”以供大家参考。

任性店主 Top 1——Asama cafe 咖啡店。开在住宅小区里的 Asama cafe 咖啡店，坐落在梦幻的荷花池旁，小船摇曳、荷叶飘香。咖啡店很小，只有五六平方米，却拥有着最昂贵的咖啡机，售价是二十多万元人民币，全泰国只有 3 台。店主是个女孩，留学归来，因为爱好咖啡和甜点就开了这家小店，咖啡品质很高，咖啡布丁好吃到哭。看得出来这个店主纯粹是玩票，因为我去 10 次有 9 次不开门的就是他们家！开店时间毫无规律，开门不开门不过是看店主

在住宅小区内的湖边咖啡馆，店面极小，用的却是 20 多万元一台的咖啡机

偏僻难找的 Omnia 咖啡馆

心情而已。买这么贵的机器，租这么小一个地方玩票，我只剩下感叹了……

任性店主 Top 2 ——古城内的 Ponganes Espresso。如果不是因为上一家湖边咖啡店位处郊外去一趟太不容易又偏偏总撞上它不开门，我本来是想给这家店主评一个“任性指数”No.1 的。这家店任性到什么程度？星期一到星期五店里不摆咖啡桌和吧台凳，偌大的咖啡店里空空荡荡，只有一张长条凳，点了咖啡只能放在座椅上或者捧着喝完。好想采访一下店主，你是多不想别人上你家来喝咖啡？星期六、星期日是难得的有咖啡桌、吧台凳的日子，这意味着终于可以坐下来好好喝杯咖啡，看本书了。不过也正因如此，这两天店里一定是会人满为患的。你一定觉得奇怪，这家店作风如此“黄老邪”，为何还有这么多人来？实在是因为这家店主有他非傲不可的理由：在清迈的 facebook 上的咖啡发烧友讨论小组中，这家店出售的由他们自家烘焙和搭配成的咖啡豆的评价甚至比 Ristr8to 还要高，甚至许多咖啡店的老板都是到他们这里来采购咖啡豆的。他们店里还开有非常专业的咖啡品鉴学习课程，是咖啡发烧友和专业人士非常喜欢的聚集地之一。于是老板越发“拽”得无极限。有一次我带朋友去他们家喝咖啡，正准备坐下，老板很严肃地跟我说：“我们 4 点半就打烊了，你们只剩 15 分钟，你确定你们还要喝吗？”“千辛万苦走到这里，我打死也不会放弃！”我说。于是老板漠然地点点头，给我们上了三杯咖啡。“这个老板真的是清迈少见的面瘫脸！”我一边喝咖啡一边跟我的朋友小声吐槽。事情的转机发生在我的朋友打算买一包他们的咖啡豆带回国自己喝，老板竟然开始稍显热情地跟他介绍每一款咖啡豆的特性和冲泡方式，在朋友圆满地买了一包咖啡豆以后，他竟然很“仁慈”地又让我们多坐了半小时……

任性店主 Top 3 ——Fern Forest Cafe。这家店主的任性不在于对待客人，而是在于经营方面。这家店原来在帕辛寺附近的一个小巷子里，后来搬到了主干道上，令人折服的亮点来了，这位任性店主为了让老顾客觉得除了地址，一切都没变，于是把他的店一丝不动地原样搬了过来，“原样搬”的意思就是除了主建筑从内到外的大小、格局、装修全部和从前一模一样以外，包括他大庭院里的地砖，花园里的大树，院子里的大流水瀑布造景全都一个没少地挖了过来，并且摆得跟原来一模一样，这个店主一定是处女座的！

除了这 3 位，清迈还有许多许多的另类店主，比如非要把射箭和喝咖啡两件事结合起来的 The Arrow Rest 咖啡馆，店主非要把射箭这件事做得有模有样，为此请了专业的射箭教练常驻咖啡馆。于是，你在喝咖啡之余还可以请老师教你射箭（多么有想象力的搭配）；拥有一大片草地和树林却把它用来养孔雀、养斑马、养萌宠的 Valley Cafe 咖啡馆很烧钱、很任性，于是你在喝了一杯咖啡后既可以去调戏“松鼠君”，还可以骑着马溯溪而上；还有开在犄角旮旯似乎生怕被你找到的 Omnia Cafe 咖啡，有着可以让人三过而不见的“绝佳地理位置”，但生意却出乎意料地好，因为这是一家只开给咖啡圈“圈内人”的咖啡小店……这些个性咖啡馆、任性店主多得说也说不完，如果你想来一一体验，不要贪心，只要 1 年来 12 次，每次 1 个月就好啦！

在咖啡馆遇上了潮大叔，也是
脸书上的咖啡品鉴红人

专注的咖啡师

大象，还是大象

象是泰国的象征，而到清迈来，跟大象来一次亲密接触似乎已经成了非做不可的一件事。在这边各种大象营、各种国家自然保护公园、各种训练学校数不胜数，我不是一个纯粹的动物保护主义者，对于训象到底算不算虐待大象之类的问题，我并不打算参与讨论。在我看来，只要还有几个理由能让人们在意亚洲象，喜欢亚洲象，能够多一些人关注它们的生存情况，都是好事。Anyway，我的本意不是要讨论这么严肃的问题，我只是想来分享我的“大象日记”。

我参加过两种大象游，一种是大象训练学校，跟着驯象师与自己分到的象亲密相处，互动一整天，体验驯象师的生活，在行程结束后还可以拿到学校颁发的驯象师证书和一整天活动的纪念 CD。另一种是旅行团的常规路线，坐在大象扛着的椅背上绕场一周，接着看大象表演，亚洲象聪颖，经过特殊训练可以跳舞、踢球、画画等，这类大象游的游玩时间一般只有半天。这两种方式各有特色，不过是根据你自身的需求来进行选择。时间充裕、喜爱大象的可以选择大象训练学校；时间不多、只想对大象有所了解的就可以选择大象营半日游。对于我而言，比较新奇的体验还是在大象训练学校的那一次！

经过一个多小时的车程，我们终于抵达郊外的大象训练学校，驯象师课程是满打满算的一整天，上午的主要内容是熟悉大象、喂大象、学习驯象要领。

训练学校比较人性化的一点是由于费用稍高，所以免费提供给我们喂食大象的香蕉是满满两大箩筐，他们不靠卖香蕉盈利当然也就不会出现故意不喂食大象、让大象饿着的情况。你别以为两大筐香蕉要喂很久，大象兄那个风卷残云的速度啊，我们拿香蕉的速度远远没有它鼻子伸得快！喂食大象的时候，除了把香蕉放在手上，等着大象用鼻子来卷，驯象师还鼓励我们把食物放到它的嘴里去。且不说它往下淌着的湿答答的口水，就它那张巨大的看起来很唬人的嘴巴也让我有些害怕。可是，你怎么扛得住一直微笑、一直鼓励你的驯象师？在他殷切的目光注视下，我还是伸出了手……哇，这酸爽……开玩笑的，没有酸爽，只是这种感觉很难形容。大象的牙齿长在整个口腔的后半部分，并且长得非常齐整不太尖利。当我的手放进去的时候，是碰不到它的牙齿的，只会觉得有些肉乎乎、湿漉漉，还会感觉到因吞咽带来的一股巨大的吸力，总之，很新奇的体验！偶尔，大象还会猝不及防地用它的鼻子给你的脸颊献上一个黏糊糊的湿吻……想体验一下《哈利波特》中巨怪的鼻涕吗？这就是！

上午的驯象课程基本结束以后，我们可以休息一会儿，吃个午餐，接着就开始带着“自己”的大象一起上山，然后跟大象一起下河洗个澡。

说起来两句话的事，到做的时候……我真的想在象背上来一首《没那么简单》。首先，大象很能吃，我们这种初级驯象师对它完全没有威慑力，爬山的路途上，我这头象的嘴巴一直就没有停过，一路走一路用鼻子卷竹子树叶，往嘴里塞。而且呢，由于我们是直接坐在象头上，对于它走路时高低起伏的变化，感受都特别明显，下坡的时候会觉得山坡看起来好陡，似乎不抓紧就会一个倒栽葱掉下去，上坡的时候也很紧张，生怕自己往下滑。再看象兄，自顾自地该吃吃、该爬爬、该钻钻，这么一对比，显得我俩弱爆了……

我们骑着象爬过山后就会往山谷里去，远远看见河的时候，明显感觉大象的步伐加快了许多。等象冲进河里，第一件事就是用鼻子吸一大口河水，淋向自己的全身！当然，象背上的我们就顺便“湿身”了！旁边几对老外早就按捺不住，兴奋地尖叫起来，然后一家老小从象身上滑下来，扑通跳进河里跟大象共浴。就在我也放下了自己的矜持准备在河里畅游的时候，教练又给我们分派了新的任务——捡象屎！我真的没有听错吗？教练再一次强调后，我顿时整个人都不好了……再环顾四周，发现其他人都已经开始挽起袖子干起来了，我只有捏着鼻子，幽怨地准备开始尝试，心里还强烈地盼望我的这头大象来个便秘啥的！可是事实是，泡到了河里的大象是最放松的时刻，一放松就想……它的大便真的好大一坨，教练叫我们捡了以后还要在河水里涮一涮……咦？它的大便好像不臭，果然是吃素比较干净吗？大象对食物的消化似乎不太完全，象便里还有许多较粗的纤维，把杂质冲掉以后，就剩下一把纤维，当地人会用它们来造纸，这就是教练叫我们收集大象粪便的原因。还真别说，大象便便做出来的纸真的质感蛮好的，我买了好几大张带回家呢！

平心而论，一天的活动下来，我们确实觉得物有所值。这样的训练学校让我们跟大象的接触更加纯粹、更加亲密，在这个接触中我们可以一点点放下戒备和害怕，真正全身心地去接纳它，和它一同享受融入自然的感觉。跟大象在一起的这一天，我觉得自己的心仿佛打开了一个口子，猝不及防地就有和煦的阳光洒进来，给了我多一点暖，多一点勇气感受不同的世界。

清迈木雕村 Bantawai

“木”，合天地之精华，聚日月之光辉，质朴而纯正；“雕”，美感之凝结，艺术之创造，时光之沉积，缓慢而丰富；“村”，旷野之人居，市镇之一隅，甘泉之源头，玲珑而清澈。这存在于清迈古城西南 20 公里的 Bantawai 木雕村，正是质朴、艺术、清澈的清迈写照。

驾着“Snoopy 小绵羊”（我们的爱车小摩托）载着晓丹，往返于古城和 Bantawai 的路上，来来回回有多少趟已经记不清了。我们去那小村子里把一件件手工精制而成的木器带回客栈，精心挑选一个让它们看起来最美的位置，静静等待客人来靠近和品鉴。每当灯光投射在木头上，似乎会将它们的灵魂唤醒。

Bantawai 的每件木雕艺术品背后都凝结了这些木雕艺术家对生活的理解和追求，这些情感和价值观鲜活地附着在木头上，仿佛在向欣赏它们的人讲述一个悠远绵长的故事。而欣赏或使用它们的客人则报以赞叹之声，凝视的眼神和温柔的摩挲，他们之间便有了灵魂的共鸣，这是人与自然相互欣赏、相互致敬的最高境界。

因为 Bantawai 距离古城有 20 公里，不是特别钟情于木器的游人一般不会去那，有些游客会跟着旅行团安排的线路把这里作为一个购物的地点，如果是这样，那就彻底破坏了 Bantawai 优雅、浪漫的气氛。花两三个小时去木雕村购物不是值得推荐的好方式，超过 500 间风格各异的店铺要求你在一两个小时之内看完，这连走马观花的程度都没能达到。所以，如果你要发现 Bantawai 独特的美，是一定不能跟着旅行团的。

Bantawai 的另一个特点是有许多旧物出售，有不少的二手货店铺。这里的旧货店不同于别处，旧家具、旧自行车、旧餐具、旧电器都透着一股特有的气息。每间旧货店有各自偏好的收藏，有的专门卖旧门窗，有的卖各式小物件，有的则钟情于日本或者印尼的家庭旧物。这些旧物件并不以高档、名贵为亮点，有些看起来甚至有些破败，但它们最吸引人的地方在于每一个物件上都留住了时光的故事、岁月的痕迹。

从清迈机场往古城方向走约 1 公里处的立交桥右转，沿 108 公路直行无须拐弯，20 公里左右，当你看到公路左侧一座约莫 3 层楼高的牌坊写着 Bantawai 的时候，沿着牌坊下那条小河一直向前，木雕村就在你眼前了。

值得一提的是村里一间名为 Nantiya 的做旧家具店。这间店铺的家具并非全是真正的旧物，部分是旧物翻新，其他大部分则是做旧而成。此间店铺的做旧工艺在我看来达到了 32 个赞的水准，细腻的纹理、均匀的色泽，将时光对家居物件的雕刻模仿得惟妙惟肖、真假难辨。店里除了常用的桌椅床柜等家具外，还有一个做旧材料

木雕村的咖啡馆，有着得天独厚的优势，室内装修材料可以就地解决

在清迈见的中式老家具比从前在国内时见的还多

复古家具店

的展示架。架子上一排一排整齐排列的是各种风格、各种质地、各种颜色和纹理的木片模版。原来，只要你挑选喜欢的模版，就可以让店铺把你指定的家居加工成模版的风格，成品与模版的观感和手感完全一样。

我们常常因为使用一个物件时间长了而对它产生感情，这感情就在 Bantawai 这些工匠的手里，在这一间间小小的旧店铺里酝酿、发酵，混合着木头的香气弥漫成一种特有的味道，让人迷恋、徘徊。

除了气质怀旧的旧货店，Bantawai 还有一些风格特立独行的原创设计店铺。这些店铺的设计风格自成一体，设计师们在每一件家具和装饰物中都融入了自己极强的个性，每件物品都独一无二，但整个店铺所有的物件放在一起又都是统一和谐的。一间店铺就是一个完整的、独立的设计王国，每次进入这些美妙的空间，我都恨不得把店里所有东西都搬回家。

现在的 Bantawai 木雕村在清迈政府的支持下，已经发展成为泰国最大的木雕设计生产基地，本国和外国的客人都来到这里采购自己中意的工艺品和家具。以木雕村为中心，周边 10 公里范围零星的还有不少颇有特色的店铺，比如 108 公路距离 Airport central plaza（机场购物中心）7 公里左右的一间旧门专卖店，比如村口的日式旧货杂件专卖店等。

从 Bantawai 村再向南约 10 公里，还有一个村落叫作“给萨拉”，这里是 Bantawai 村的原材料和半成品供应基地，这里还有很多我们未曾开拓的处女地。也许在不久的将来，在这里还能发现清迈更多的艺术的美。

（韩东）

千佛之城

没有去数过清迈到底有多少间寺院，随处可见的庙宇阁楼使得佛教的氛围浸润到清迈人生活的方方面面、点点滴滴。可以说，没有佛教就没有清迈，没有佛教就没有泰国。对宗教的理解是个大的命题，但仅就我所看到，佛教的积极意义赐予了清迈人以光明。

泰国几乎全民信奉佛教，亦有基督教和伊斯兰教共存，在这样的环境之下，每个人或多或少都带着对神的敬畏。我想，对神的敬畏其实是给自己在道德上划了一道红线，什么该做什么不该做，举头三尺有神明，不管你做什么它都在看着，这可以算作小到一个人，大到一个社会的底线。正因为有了这样的敬畏，整个社会才可以有祥和安宁的气象。

清迈寺院的佛像众多，各种神像都有，我甚至见过关羽的像，这说明泰国佛教的包容性是非常之强的。清迈佛教的包容性也在日常的生活中体现出来。寺院停车场平时是不对外开放的，但遇到夜市或者节庆，则社会车辆也可以进入寺院停放。特别在夜市开放的

佛与莲花

时候，沿途的寺院里里外外全都是小商小贩和购物的人群。

佛教对泰国人的影响也体现在许多生活细节上。比如，泰国人见面双手合十的礼仪就来源于佛教的施礼，两手掌心相对合拢，拇指对着自己，小指朝外，向人行礼之时口中念“萨瓦迪卡”，头微微低下，合十的双手置于胸前表示对行礼对象的尊重。在正式的场合，双手更是上举靠近头部，而头低下的角度更大。

清迈古城面积约 4 平方公里，城内有几十座大大小小的寺院，由此可以想见当年古兰纳王朝对佛教的推崇。整个清迈的寺院中当数素贴山双龙寺最为有名，而古城内则以柴迪隆寺和帕辛寺人气最高。山不在高，有仙则名，双龙寺作为清迈的标志，据说寺中的塔内藏有佛祖释迦牟尼的舍利子，故而被视为圣地。清迈曾长期作为泰王国的首都，历代帝王对此寺都十分崇敬，常来此朝拜。来此朝拜的各地信徒更是络绎不绝，每年 6~7 月均在此举行礼佛盛会。素贴山因双龙寺而赫赫有名，来清迈者必登此山。就高度而言，素贴山海拔不过几百米，但在清迈古城附近，已是不可多得的雄伟之处。泰国皇室的避暑行宫——蒲屏皇宫亦建于山上，因为有了皇室的住所，更增添了素贴山和双龙寺的威仪。

清迈寺院中的僧人，除了过日常的佛教徒生活之外，还会满足老百姓对于宗教方面的各种需求。如帕辛寺会经常举办各种祈福活动，传经和诵经的大会当地的信徒都会踊跃参加。寺院的僧人也会为老百姓的婚丧嫁娶加持，能请到高僧到家主持仪式，对全家人来说都是一个莫大的荣耀。

清迈的寺院通常在清晨 6 点左右就对游客开放，规模较大的寺

个人认为清迈最有特色的三个寺庙之一——柴迪隆寺

个人认为清迈最有特色的三个寺庙之一——松德寺

双龙寺的风铃

院会开放到晚上 10 点，甚至更晚。只有双龙寺因为在山上，下午 4 点半就不接待游客了。素贴山双龙寺门票 30 泰铢，其他寺院不收费。

清迈寺院的僧人大多来自贫苦家庭，他们基本上从小就到寺院修行、学习，成年之后大部分人会还俗，只有少部分人会终生从事宗教事业。在泰国，每个成年男子都有到寺院修行的传统，全国不定期还会举行盛大的剃度仪式，在这种全国性的仪式上，一次就会有几万人剃度出家，修行为期几天到几个月不等，不是完全固定的。我觉得这样的修行对净化人的心灵是很好的，让人们从现实中暂时抽身，让佛的力量帮助人达到平和的境界。

在清迈，几乎每间寺院都有 monk chat 的活动，就是与僧人对话闲谈。将你心中想说的话告诉僧人，他们会为你答疑解惑。清迈还有几间寺院专门为游客推出短期修行的活动，如果你喜欢清迈的宁静平和，如果你的生活陷入了困惑，不妨来清迈听听佛的声音吧。

（韩东）

清迈的冬

清迈最冷的月份在每年的 1 月底，凌晨最低温度大约在 10 摄氏度。这样的气温会持续约两周，即使在最冷的 1 月，中午的气温依然可以达到 27 摄氏度左右。

清迈没有冬天，从北方来的客人都这么认为，这样的气温对他们来说完全算不上冬天，勉强算是秋天的开始吧。很多本地人一年四季短袖短裤，短短两周的低温根本不足以使他们改变装束!

在热闹的宁曼路，2015 年元旦的各种庆祝中最吸引本地人的节目就是人造雪。在宁曼路路口，MAYA 商城的对面有一个小广场，人造雪从每天傍晚一直“下”到深夜，小小的广场上空飘着清迈人从未体验过的雪景，遍地洁白，但仅仅是洁白而已，一点寒意都没有，不过这就已经让他们兴奋不已了。那些“雪”其实是盐，走在造雪景的广场周围，嘴里也会微微地感觉到咸味。清迈人的冬天是咸的。

距离清迈古城约 60 公里的因他农山，是泰国全境的最高山，山顶海拔 2565 米。因为一年四季都那么热，元旦节前后，趁放假泰国各地的许多人会到这里来“找冬天”。山路上密密麻麻的都是汽车，严重的交通堵塞就会在这几天发生。到了山顶，更是看见数不清的帐篷，一排一排搭建在山坡上，像梯田。到了晚上，夜空繁星点点，山上灯火通明，人们在这里享受着刺骨的夜风和被子上冰冷的露水，一个全年夏季的国家的人们对于寒冷是多么地珍惜和期待啊！难怪无论什么日子，泰国的地铁和商场里空调总是那么强劲，饮料里也永远加着冰块。原来泰国人骨子里对冷有种暗藏的热爱！

2014 年 12 月初，晓丹和我去深圳会友。因为全身上下一派热带衣着，到深圳又遇上下雨降温，把我俩冻得不敢出门，立马买了保暖衣物抗寒。当月中旬即返回清迈，刚下飞机，烈日当空的下午 3 点，把我俩热得汗流浃背、烤得外焦里嫩。半月内一冷一热的身体体验，更凸显出清迈冬天的温暖了。

在清迈，冰激凌店四季常开，酒店泳池也没有关闭的日子。空调始终是畅销货，价格也并不会因为到了年底而打个折扣。在最冷的那几天的清晨和深夜，有机会看见骑车的人穿上羽绒服，除此之外，冬衣只能永远停留在我们的记忆里了。

我爱清迈的冬天，相信所有来到清迈的人也都不会拒绝这样的冬天，没有刺骨的寒风，也没有冻手冻脚的冰雪，真希望人生也能像清迈的冬天一样，一路春风得意，阳光灿烂。

（韩东）

欧美人在清迈

泰国的经济支柱是旅游业，北部重镇清迈更是泰国旅游业的一颗掌上明珠。在早期，清迈是欧美游客的天堂。他们喜欢来泰国享受低廉的物价和免费的阳光，更有许多欧美老人将这里作为养老的地方，和蔼可亲的当地人，较低的生活成本，以及优质的医疗水平，都是吸引他们来到泰国的原因。无外乎你会看见很多有欧亚混合面孔的年轻人，他们就是泰国人和欧美人结合的后代。

在泰国，不管是年轻的姑娘，还是年长的妈咪，时不时地换个老外男朋友是很平常的事情。当她们的男朋友回国，后会有期还是无期都在未知之中。

泰国社会对爱情的理解很宽容，社会环境和舆论不太会对个人情感产生阻碍。彼此之间谈起自己的感情生活，无论相处得是否长久，都不会尴尬。特别是对未婚生育的女性态度非常包容，只要女方可以找到一名成年男子，愿意承认是孩子的生父，孩子就可以获得合法身份。看似简单的观念，背后是对个人权利的充分尊重。

欧美客在清迈的以年轻人居多，大部分是背包客，喜欢住廉价的酒店，喜欢参加相对刺激的活动。他们的体力普遍比亚洲人要好，特别是在参加一些户外活动时表现更加突出。

清迈受欧美文化的影响比较深，生活的方方面面都能感受到东西方文化的交融。比如，咖啡店既出售咖啡也出售茶叶，餐厅既提供刀叉也提供筷子，虽然表面上看是旅游业发展的需求，但这些变化实际上已经成为当地居民的生活习惯了。

欧美客乐于接受这样的东西文化的混合状态，很多游客使用筷子用餐并不那么生疏别扭，不少的欧美人泰语流利，完全不用翻译。在清迈，他们保留不变的习惯大约只有早餐一定要喝咖啡，其他的都可以入乡随俗了。

清迈古城有好几家书店，专卖英文、德文和西班牙文书籍。既有新书也有非常便宜的旧书，这些书店是欧美客经常光顾的地方。新书价格不菲，通常在几百泰铢到上千泰铢不等，旧书则非常便宜，30~60 泰铢一本，破损程度不至于影响到阅读。

年长的欧美客大都长居，泰国特别针对外国老年人推出的一种退休签，是吸引他们的原因之一。凡年满 50 周岁的外国公民，可以办理一年期的泰国居留签证，每年支付给泰国政府约 2 万泰铢的签证费，只要在泰国没有严重的违法犯罪行为，便可以长期居留，前提是保持 80 万泰铢的存款在泰国银行，这笔钱是退休签的必要条件。

欧美客已经越来越融入到清迈当地生活中，和其他长居清迈的外国人一样，成为清迈不可缺少的一部分。

泼水和“送干”

都说清迈最热的时候是三四月，我不信。于是，来清迈第一年的四月，是真真把我烤出汁儿来了！

大家都以为，五月到八月的夏季应该是清迈最热的时候，其实不然。清迈五月已经进入雨季，这边的雨季是早晚各下一阵 30 分钟左右的畅快淋漓的大雨，然后就会迎来碧蓝如洗的天空。除了中午太阳最大的时候需要躲进开着冷气的室内，其他时间，尤其是清晨和傍晚时分都有小凉风吹着，非常舒服！

而现在，一滴雨都没有！太阳好大，空气好干，虽然有风，但是在这没有雨的时节，连风都是热的！我终于知道为什么泰国的暑假定在了三四月，今年的我，如同千千万万个本地人一样，强烈盼望着泼水节的来临！

泼水节又称作“宋干节”，是泰国的传统节日。“宋干”这个词，在泰语里意为“移走”或者“换地方”，我在想，是不是也包含了换季的意思，因为每每过完宋干节以后，就明显地开始了旱季向雨季的变化。而泼水，在泰国的传统习俗里，家庭内的成员会把带有香味的水洒在彼此的身上，代表去除霉运。而在今年，我尤为渴望这场泼水盛宴的到来，不论是泼人还是被泼，都请战斗来得更猛烈些吧，我实在是快被热死啦!

泼水节的序幕其实从 4 月 1 日就开始缓缓拉开。各种相关的佛教活动在此期间逐一展开，同时还有美食节、布施活动、选美比赛、花车游行、音乐派对……想到的没想到的，爱玩的清迈人民都已经准备得周周密密、齐齐整整。而泼水这项活动的正式展开是从 4 月 13 日到 4 月 15 日，在这三天里，无论你走到哪里，只要是在室外，迎接你的就是一瓢热情的冰凉的水，也不管你是步行还是坐车，哗啦一声全身湿透，泼水的人和被泼的人不但不会生气，还会相视哈哈大笑!

在这几天除非你不出门，否则是免不了要湿身的。我们已经早早租好了一辆皮卡车，等着进入泼水节大战斗。为什么要用皮卡?没有经历过的同学不会懂，跟“步行党”“驻点党”“突突党”相比，战斗力最强的是“皮卡党”，因为皮卡有车斗，在车斗里放上两个大桶装满水，再由我们店的住客组成一个“泼水天团”沿街巡行，见人就泼，还能站在车上大声歌唱，好不痛快！这一天的清迈古城，平时驾车只需要 10 分钟便可以绕城一周，泼水节当天则花了 5 个小时。护城河成了最大的免费水资源供应站，路人无须自己带水，直接下河里取水就好，这护城河的水不再是抵挡千军万马的屏障，而是化成节日里万千欢乐飞扬的水珠。大家都忘记了炎热和烦恼，尽情地玩耍，每个人都仿佛回到了童年，彼此都是天真的玩伴，人与人之间的陌生感在这个时候荡然无存了，都用水传递着快乐的心情和美好的祝愿。

下午，在塔佩门搭起高台，开始节日的最高潮——音乐派对。各大商家摆开阵势，亚航、可口可乐、泰航等八九家实力雄厚的大公司，在巨大的广告牌背景前架好水枪，对着对面高台和台下的人群扫射，有的舞台上直接架起两个超大泡沫机，丰富而细腻的泡沫源源不断地从机器里吐出来，正好站在泡沫机下方的人，猝不及防地就被巨大的泡沫彻底淹没。舞台下面跳舞的人们反正已经全身湿透，丝毫不以为意，大家就泡在水里，泡在泡沫里，尽情狂欢！临近夜晚，随着乐队强劲的音乐响起，所有人一起尖叫、歌唱，天上是水，地上也是水，身上更是水，连在一旁执勤的警察也不能幸免。

如果你还没有玩够，没关系，还可以去酒吧继续午夜场，闪烁的霓虹灯下，不管认不认识，都可以围在一起，一起唱、一起跳、一起笑，犹如我们闪闪发亮的年少时光！四月，清迈，你会来这里，变回孩子吗？

我们的“泼水天团”

泼水节的最高潮——塔佩门的音乐派对

小城节日多

清迈人爱过节，大大小小泰国的、外国的节日，只要能够找到由头，清迈人都很愿意聚在一起乐一乐！

在名目众多的节日中，除了最主要、最盛大的泼水节、水灯节以外，还有着许许多多你想得到或者想不到的节日。元旦新年自是不必说，还有圣诞节、中国的春节、劳动节、情人节、万圣节、儿童节、佛诞节、国王生日、王后生日、鲜花节、清迈设计周、热气球节等，甚至前两天，我路过塔佩门广场，竟然还看到一个为期三天的水果节……其实，我私下以为，之所以有这么多的节日，只是大家想有更多的理由可以聚在一起开 party 吧！

先来聊聊正经节日，较为庄重的节日有佛诞节、国王生日、王后生日，还有万僧托钵节（又称“万人布施”节）。

佛诞节是为了纪念佛祖释迦牟尼诞生，在泰国定为泰历每年六月十五日。逢闰月之年，这个纪念日便改为泰历七月十五日举行。节日期间各家各户都会点香洒扫，或是去寺院祈福诵经。寺院会举行隆重的仪式，仪式结束之后僧人和民众会抬着纸制的佛像在古城沿街游行，人们敲锣打鼓、载歌载舞。佛诞节当天中午，全清迈城的善男信女们都会自发组织步行登上有着非常特殊意义的素贴山，并且到山顶的双龙寺内朝拜。往常我们都是骑摩托车前往山顶，到了这一天全部转为步行，整座山封路，仅供行人行走以及给救护车、补给车通行。这场最少也有几万人参与的活动中，能够保证秩序、维持清洁也是一件非常了不起的事。整个活动时间较长，信徒们一般都是傍晚上山，第二天一早慢慢下山。而对于普通游客来说，见证这样声势浩大的礼佛活动还有品尝那沿路琳琅满目的小吃摊上的美食，其实也是一个特别的体验。

万僧托钵节是除了佛诞节、天灯节以外的另一个声势浩大、场面壮观的佛教节日，如果说有 1 万个僧人托钵，那就有 10 万个百姓布施。除了第一排的人能坐着等待以外，其余人都要排在后面一点点移动。除了布施僧人，大家还会自制一棵招财树捐给寺庙，树干由稻草扎成，树枝就是竹片加上纸币插到“树干”里。对于布施，清迈人不论家境如何，都会尽自己所能，少则捐个 100 多泰铢，甚至拿不出钱就布施食品、物品以表心意，多的会捐几千上万泰铢，对于他们来说，献给佛祖的心意比什么都重要。布施开始的时候，广播里一边缓缓地播放祈福经文，一边介绍说僧人都来自哪些国家，而布施的人们也是来自世界各地。尤其是广播里还特意用汉语解释了一下：“在以后的日子里，我们每回想一次今天的布施，内心的幸福就会增加一分。”每次出现这种几万人以上的大型活动，我都禁不住佩服清迈人的素质，人群井然有序，大家看见老人和小孩都会有意识地进行保护和避让，这点实在是让我感动。

除了这样庄严肃穆的佛教节日，清迈还有着许多轻松愉快、脑洞大开的特殊日子。比如唯美浪漫的鲜花节，节日里有花车游街，增设花卉步行街等。还有一年要比好几次、乐此不疲的选美比赛。而吸引了众多设计师前来的清迈设计周就是体现“脑洞大开”的部分，不管你是不是专业从事设计工作，不管你有没有做出格外精致有技术含量的设计作品，只要你有兴趣，就可以报名参加展览，于是我们可以见到为期一周的设计周上有着各式各样的、水平参差不平的作品。有专业的技术派，有粗犷的写意派，有唯美的文艺派，甚至还有着像我们小学手工劳动课上做过的那种初级、稚嫩的作品。设计周的展览点非常分散，为此主办方还印了一张像藏宝图一样的展点地图。一边像游戏打通关一样去找各个展点，一边欣赏各位专业或不专业的设计师做出来的“艺术品”，这种感觉挺酷！

清迈的儿童节也很隆重和有趣。在儿童节当天，许多地方都会张灯结彩，各大商场都会推出针对孩子们的福利活动，游乐场、电玩中心对孩子们都是免费的！爱热闹、爱吃的清迈人肯定免不了开放夜市这样的传统项目，夜市上也有很多友爱的商家会发各种零食，逗孩子们开心。什么棉花糖、棒棒糖、冰激淋、鬼脸面具，应有尽有！托朋友圈内众多在清迈带娃的家长们的福，我还了解到，原来这一天，孩子们还可以免费乘坐所有公共交通工具，可以进入开放的海陆空军基地、消防部门等参观。有句话说得很好：如果你想知道一个国家的未来，那么就去看看他们如何对待孩子……

总之，不论是大人还是小孩，都因为清迈丰富多彩的节日庆典而生活得更加充实美好！希望当你来的时候，也能和我们一同加入小镇的狂欢，释放在都市中被束缚已久的心灵，跟着小城居民一起放声大笑！

唯美浪漫的鲜花节

清迈热气球节

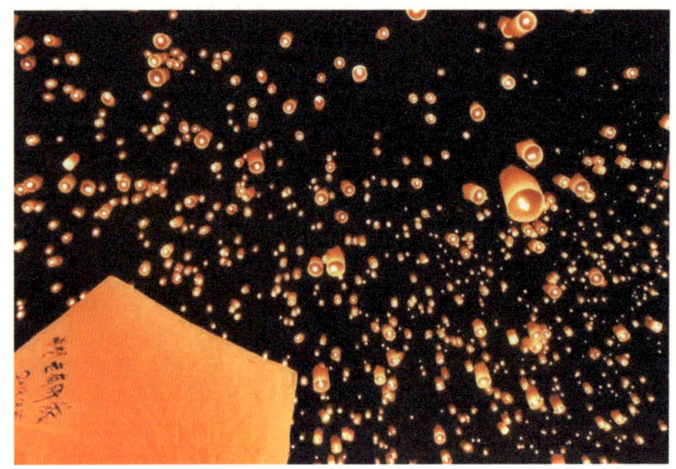

万人天灯从 2015 年开始取消了免费场

放天灯

奇葩二手市场

六月的某一天，“小地球”（一个旅行家联盟）找我和浩哥约稿，要做一个世界各地的二手市场专题。于是，在一个周六的早上，我和浩哥一起站在了这里——我们经过了无数次却从来没有进来过的清迈二手市场。

我不知道全世界的二手市场的特质是否都相同，但在逛这个市场10分钟以后，我可以总结出的它的标志属性就是——奇葩！有多奇葩？来来来，深吸一口气，我带你来看一下……

和所有的清迈集市一样，只要是有人群扎堆的地方，爱吃的清迈人一定会摆上密度适当的小吃摊、水果摊和饮料摊。能够保证当你逛累、逛渴、逛饿了的时候，给你提供充分的补给续上能量！除此之外，就是密密麻麻的二手商品了，穿的、用的、玩的应有尽有，高档、中端，还有奇葩类等各种层次的商品，让我们眼界大开！浩哥一直是一个不走寻常路的人，因此在他的熏陶和指引下，我的关注点简直惨不忍睹！

二手市场的奇葩商品

在这里，只有你想不到，没有它不卖的东西！各种产品配件、各种工具，完好的或是生锈的都有，二手衣服、二手包包、二手鞋子，还有用完的空瓶子，甚至还有穿过的酒店的一次性拖鞋……

突然，“便便君”闯入，真的好逼真！我尽可能冷静一下，跟浩哥探讨了一下这个问题。其实早在20年前我就知道，在泰国，“便便君”也有招财、守财的好寓意。所以在我八九岁的时候，我们家也收藏着一坨木质的仿真“便便君”。而因为外形太过逼真，在某一次我得意地把它拿出来秀给小伙伴看的时候，被小伙伴手一抖，摔裂了！在那之后的没多久，我家果然就破了一笔财——我那对喜欢“华而不实风格”的双亲心血来潮败出去了一大笔装修客厅的费用……好吧，说完这些我自己也觉得很无厘头，于是忽略浩哥在一边笑得乐不可支，我们继续往前走。

我相信，这个市场除了拥有奇葩特质以外，一定还有其他方面的独特之处，如若不是，每一个经由我介绍过来闲逛的客人在回到客栈以后怎么都会跟我赞不绝口，每一个去过的客人怎么都可以大包小包满载而归！果不其然，在细细探索之下，在我们回到正常人类的欣赏水平线上以后，果然出现了许多出乎我们意料的惊喜：牦牛角的摆件、羊头挂饰、牛皮小靴、羊皮包包、各种型号的瑞士军刀，还有一个我非常喜欢、价格也相当实惠的复古牛皮旅行箱。更别提琳琅满目的精美首饰，超有范儿的牛骨餐具和老式留声机……各类专业发烧友在这里也能找到乐子，比如各种型号的二手相机和专业镜头，老收藏家们喜欢的旧航海时代的望远镜和来自那个年代的老物件。当然还有其他的，比如说韩老板的一个初中同学就曾经在这

除了拥有奇葩特质外，市场也有许多风格独特的商品

里淘到过两个白菜价的羊皮包包，她的爱人则淘到了价格非常实惠的翡翠原石。只要你能够慧眼识珠，有心发现，就一定可以找到你心仪的东西。

二手市场的可贵，除了真实更在于它的唯一性。许多商品也许在从前曾经被批量生产，但是当它到了不同的主人手里，经过了不同的年代，辗转了各个不同的地方以后，我们看见的除了这个物件本身，更是经由它看见了时间的流逝、历史的痕迹，它们都成了这个物品本身最独一无二的印记……这里的所有商品都是买一件少一件，如果没有及时下手，也许转个圈回来，好货就被别人挑走了；上个星期还在这里练摊儿的摊主，也许下个星期你再来逛，就难觅芳踪……这里有着许许多多的惊喜和不可预料，真正的艺术品和挑战你底线的奇葩商品共存。

在文章的最后，引用一句浩哥的话作为结尾："这个市场，你来，不一定后悔，但若不来，肯定会后悔！"

稻田餐厅

说起餐馆，清迈人有个特点，越是开在犄角旮旯的地方越是装修特别有味道、特别精致，我们曾经在郊外遇见过许多这样的店，常常在心里想：“这么远，会有人来么？”殊不知，越是这样的店越是让人趋之若鹜。清迈人更是如此，喜欢清静、追求格调，并且能开这种店面的人，大抵都不差钱。这种毫无功利心的态度，反而容易把事情做到极致。

今天我们要去的也是这样的一个餐厅。看过朋友发的图片，神往已久，一问地址，却是说不清楚。朋友没辙了，决定带我们去。

我们骑着“小绵羊”跟着朋友的车走，在即将到机场的路口拐上了高架桥，顺着 1317 公路一直往外开，过了无数个路口，韩老板一边骑车一边喃喃自语：“这未免也太远了吧！”“真的太远了！”“这已经超出我的势力范围了！”“再好吃我下次也不来了！”……我坐在后座几乎要笑翻过去！一边笑着一边看着道路两旁一览无遗的稻田、漂亮的别墅群、花园小洋房，心情美极了！

就这样开了 20 多公里，前面带路的朋友突然拐进了一条不起眼的山野小径，再开进去，即使已经提前在网上看过图片的我也不禁发出一声赞叹。一栋高大的全透明的玻璃房子，坐落在两片无边的稻田中间，晚风习习，落日的余晖如金箔般撒在玻璃房子上。进到里面，灯具、摆设、桌椅无一不展示出精致大气。色彩的搭配鲜明又和谐，用色大胆却不突兀。上到二楼，还有个建设中的平台，站在平台上更是将这山野风光尽收眼底。这还没吃呢，人就先醉了！

点菜过程也很特别，菜单是英文和泰文的，只是你一看这英文介绍，就开始有点晕。荔枝配猪肉炸面包皮，洛神花加上芝士和火腿还配独家酱汁，不是黑暗料理吧？我和韩老板彻底解读无力了……朋友解释说，他们家就是专门做泰式创意料理的，用泰国的特有食材，做出了和一般泰餐完全不同的味道。并且，每一次到他们这里用餐，同一个菜每一次的摆盘都有所不同，根据盘子的大小、形状来调整摆盘的形式，这才是真正达到了饮食艺术的水准！朋友拿出手机，打开图片给我们看："你看你看，这是泰国的朋友们在 facebook 上推荐的菜品，我早就下载下来了，我们照着点就好了！"

好吧，我们初来乍到还是听前辈的吧。我们四个人，点了五菜一汤，菜的分量不大，却个个是精品。南瓜泥配秘制烤鸭胸肉，鸭胸肉香而不腻，南瓜泥十分绵滑，韩老板才吃第一口就决定要下次再来。所以我说吧，话还是不要说得太满的好！接着又上了其余的四菜一汤，分别是凉拌龙空配厚切火腿、脆煎面饼配羊排、三文鱼子色拉虾球、洛神花芝士火腿沙拉、酸辣大头虾汤。每一个菜都很惊艳，无论是摆盘还是味道又或是食材的新鲜度，都值得称道。

餐厅是一栋高大的全透明的玻璃房子

餐厅坐落在两片无边的稻田中间

室内装修也是精致大气

特别值得一提的有两个菜。一个就是听起来像是黑暗料理的洛神花芝士火腿沙拉，在泰国经常会喝到酸酸甜甜的洛神花茶，却从来没有人想过把它用来入菜。洛神花本身其实并没有甜味，只有一点微酸，经过煮泡以后，花瓣丰满，口感很弹，估计是煮的时候又加了一点冰糖，捞出沥干水分以后，配上芝士条以及火腿，花的清香、芝士和火腿的咸鲜味都被激发得恰到好处，吃这个菜的时候会忍不住感叹："生活实在是太美好了啊！"还有一个凉拌龙空配厚切火腿，厚切火腿全年一致，而凉拌的果蔬会随着时令节气而变化，在我们秋冬季再次品尝这道菜的时候凉拌龙空已经换成了凉拌草莓，没有想到中医里提倡的"四时食不同"竟然在清迈也得以体现。

在稻香中用完餐，暮色降临，再看旁边的餐桌，不知不觉已经坐满了人，却不见喧嚣，就像一出完美的默剧。在这个侍者与食客皆优雅的美好氛围里，我们起身静静离去。开着小绵羊来到路口，回头看，路口的几盏彩灯发出微弱的光，安静、低调，丝毫没有大张旗鼓招揽生意的姿态。刚才那顿晚宴，仿佛是藏在稻田深处的一场旖梦。下一次，我们一定会再来！

我爱“马杀鸡”

massage 意思是按摩，最早似乎是被香港人生动地翻译为“马杀鸡”，很形象也很喜感！根据调查显示，90% 的女性都喜欢被抚摸的感觉，因此各种按摩院才会风靡全球，非常盛行。我也不能幸免地成为这 90% 中的一员。

我喜欢按摩，尤其喜欢在泰国按摩，服务好、性价比高，没有消费陷阱，更是永远都带着我喜欢的各种精油的香气。在泰国按摩，会产生“我就是女王”的错觉！在清迈，更是如此，大大小小的按摩店多如牛毛，只有实打实的好服务，在按摩手法、使用的产品上下功夫，才会有好口碑、回头客。泰国美容院、按摩店并不推行会员制，在按摩时永远不会听到喋喋不休的推荐办卡、推荐产品的声音，你需要做的只是放松、放空，尽情享受这里的香氛和推拿。

曾经有个朋友很贴切地形容出了他在清迈按摩的感受，一段时间内被我无数次地说给其他朋友听。他说刚到清迈的第一天，因为舟车劳顿再加上疯狂购物，觉得自己全身上下都酸痛，于是走到自己的酒店所属的按摩院去按摩。那天的按摩师技术很好，在按摩师按完他身上第一个部位时，瞬间觉得那个部位无比舒畅，已然和身体其他沉重疲累的部分分离开来。而身上的其他部位开始纷纷呐喊“选我、选我、选我”！后来我们都笑言，一定要让客人感觉身体每个部位都在喊“选我”的按摩师才是好按摩师！

你问我按摩技术哪家强？作为“马杀鸡小天后”，我要隆重介绍的是以下几个做得比较成熟的连锁品牌：高端的是 Fah Lanna 和 Oasis，中档的是 Deep Relax 和 Let’s Relax。如果你说你知道并觉得感觉一般，我可以负责任地对你说：“一定是你的体验方式不对！”如果你要说比女子监狱等按摩店贵，那确实，这几家某些单品项目会比一般的小店要贵上 20~40 元人民币。

那么，它们的价格到底比其他按摩店高在了哪里呢？其实，价格的区别除了体现在内部环境上，还有更重要的一点，就是用油。你能够相信几十元人民币就可以给你按 1 个半小时的按摩店会给你用高级的天然精油吗？

介绍了按摩店，我们再来谈谈正确的体验方式！我们先来讲讲基础选择。如果好不容易来趟泰国，您只是选择了常规的泰式按摩、足底按摩，哪怕是全身推油，那也太不专业啦！“马杀鸡”的彩蛋隐藏在各种稀奇古怪的项目里。在物美价廉的项目中，比常见的泰式按摩、全身精油按摩更具有泰国特色的是——泰式草药包按摩，强烈推荐给所有肌肉酸痛、寒性体质，还有生理期中的女性朋友。热热的草药包在身上熨烫，驱走你体内所有的寒气和不适，再加上用锅炉加热草药包时散发出的极具泰国特色的草药香气，再配以轻柔的按摩手法，我相信这种体验、这样的性价比，会让你离开泰国以后也念念不忘。此外，还有热油按摩、热石按摩等，价格比常规项目稍高，但是比国内便宜很多，而那种暖暖柔柔让你充分感受到被呵护的体验，包你做完不会后悔的啦！

在基础选择之后再深入一点，就是体验每个店独有的特色项目。每个按摩师都一定会有自己擅长的领域。比如 Let’s Relax，它们家最经济实惠，体验感、性价比最高的就是“梦幻 90 分钟”套餐。800 泰铢，包含了 45 分钟足部按摩、15 分钟手部按摩、30 分钟肩背按摩。尤其值得大书特书的是当中的肩背按摩，简直是颈椎病克星。它们特制的按摩椅很好用，方便进行按摩，按完肩背以后还会进行热敷，短短半个小时，我因为颈椎不好而产生的头痛头晕都缓解了大半，非常舒服！而 Deep Relax 家，因为老板是新加坡华侨，可以用中文跟他们进行沟通。他们家的按摩套餐名字也起得非常有意思，比如“全身光滑漂亮”“我对椰子疯了”“我要躲起来”……让人一看就有想要尝试的欲望。上次我和好友水沉一同去体验了他们家的超级豪华项目“一片的天堂”，每人 2000 多泰铢，按摩时间 4 个半小时，包含温泉花瓣浴、面部去角质、多道面部护理程序，还有全身精油及脚部按摩，并提供水果饮料，等等，真真正正是从头发丝呵护到脚指甲盖了！

当然，如要追求更清幽的环境、更极致的服务，就要去 Fah Lanna 和 Oasis 了。记得《泰囧》里王宝强代班按摩师使出的那一招“葱花饼”吗？到 Fah Lanna 你就可以享受到 Fah Lanna 就是《泰囧》的拍摄地，所以常常一位难求，最好提前几天预订。虽然麻烦，但我依然推荐大家有机会一定要上这两家体验一下，因为无论从环境、按摩手法和使用材料来说，这两家的确都是清迈顶级的SPA。去这两家店，就务必要选择一般按摩店做不了或者是没有的项目，才对得起这么千辛万苦的预订过程，比如热油按摩、芳香草药蒸汽、体膜、草药浴，等等。当然，选择实惠的项目套餐更是极好的。

总而言之，对我来说，如果没有这么多可爱又迷人的按摩，我在清迈的生活舒适度至少下降30%。女人，还是应该对自己好一点！你说呢？

在清迈做 Spa，强烈推荐要泡个花瓣浴

做 Spa 会用到众多泰国香料和草药

Fan Lanna Spa 的房间内部

我们的住客董冰洁在 Fan Lanna Spa

生命在于运动

清迈是个慢生活城市，但是慢生活不等于不健康、不运动，我喜欢这个城市的其中一点，恰恰在于它把所有看似门槛高的休闲活动、户外运动都变得轻而易举。

在清迈生活了1年多，每天“逛吃逛吃的”日子里，韩老板被养得膘肥体壮，肚子和脸盘成直线增长。我出于对他健康状况的考虑而委婉出言劝诫多次，在他义正词严地拒绝后我唯有继续放任自流。忽然有一天，韩老板发现客栈中来来往往的美女住客们对他的“美貌”与才华已经开始视若无睹，他开始有些急了。这个危机感在一日爆发到顶点：那日晚上我们在家里办party，玩游戏时要求输方要接受“背姑娘做俯卧撑”的惩罚，我年轻力壮的弟弟接受惩罚时干干脆脆地背着姑娘做了10个俯卧撑，然而轮到韩老板时，他做起了0个……登时全场爆笑！事后韩老板跟我说，顿时就觉得那几个美女看他的眼神都不对了！为了店里的美女住客们不再无视他，他决定减肥，我当然是举双手双脚表示支持啦！

说干就干，我开始为我们制订周密的健身计划。吸取多年前韩老板减肥时的经验教训，他是个讨厌一成不变的人，运动的项目内容一定要丰富，最好每天略有不同。还好，这边生活成本极低，韩老板这种看似苛刻的要求依然有望实现。我们可以今天游泳、明天打羽毛球、后天越野骑行、大后天骑马，一天学泰拳、再一天练器械、还有一天实弹射击、另一天练瑜伽、过几日打高尔夫球……总之，只要能想到的，这儿都有，而且还不贵！我们的生活早就应该这么丰富多彩了！

在清迈，我们在健身会所办了会员卡，3000 元人民币可以享受全年会所内的所有设备，包含露天泳池、桑拿、热水泡浴、瑜伽课、健身房器械，还加送全身按摩！

再看骑马，我们第一次去马场单次体验价为每位 150 元人民币，如果办年卡只要 500 元。办了年卡以后，每次请教练都可以享受 7 折优惠，如果到了熟练无须教练的时候，每次骑马只要 40 元。因此，就算你再怎么嫌弃这里马的血统不够纯良，教练如何不够专业，我就是到马场自学也值回票价了！

还有，这里打高尔夫球在全亚洲都算得上是物美价廉。有许多韩国人、日本人周末背上杆子飞到清迈打几场球再飞回本国，也比他们在自己国家打一场高尔夫球的消费要低。具体来讲，在国内的练习场，40 粒球为 1 盒，1 盒 300~500 人民币，而在这里同样一盒 40 粒球，4 盒一共 100 泰铢，还不收场地费，买 4 盒球，一个人两个小时能全部打完就不错了！

门槛低、价格便宜、普及率高，在这里健身很平常，运动很简单。

所有的运动项目只要是喜欢，就很容易去实现。有像我们一样喜欢丰富多变，把各种项目都排得满满的爱好者，也有专注喜欢某一样而天天坚持到场的准专业人士。生命在于运动，在运动中我又更多爱了这里几分。

在马场学习马术

可以放马奔驰的草场上还散养着一些羊

慈善不是施舍

不知从什么时候起，“慈善”这个词走进了我们普通人的视野。随着生活水平的提高，越来越多的人希望在自己力所能及的情况下可以帮助到更多的人，于是我们逐渐了解到“慈善”“公益”。但是我们大部分的人刚刚开始接触到它们时，常常空有一腔热情和一片爱心却不知道如何恰如其分地去表达，常常一不小心就用力过猛或者使错了劲儿，效果往往适得其反。不恰当的方式不仅无法有效地帮助他人，还容易伤害到我们原本要帮助的人。

我人生中第一次真正意义上的慈善活动是在清迈开始的，这给了我一个不大不小的震撼。活了近 30 年，第一次在清迈被教会了如何去更好地帮助别人而不叫人难堪。

Leoni 是一个荷兰女孩，是她先接触了这家叫作 Bandekdee 的孤儿院，然后就发起了一个长达 3 年的慈善活动。她的援助方式看起来很轻松，让参与者和孤儿院都没有负担感。每隔两个星期，她会在 facebook 上发布一次召集令，号召大家一起到孤儿院去陪孩子们玩。下午 3 点左右，大家先约在一个地方集合，买上足够所有人吃的晚饭的食材，然后前往孤儿院给孩子们做饭。购买食材以及做饭的费用由志愿者们按 AA 制承担，同时因为志愿者们来自世界各地，于是每一次聚餐都可以让孩子们尝到世界上不同国家的美食。做好晚饭后志愿者们会和孩子们一起用餐，晚餐后是学习时间或者游戏时间，志愿者们根据自己所擅长的领域选择教给孩子们一些知识或者一些娱乐方式，比如吉他、架子鼓、跳舞等。孤儿院的院长和他的老婆是一对很好的夫妇，他们将这 20 几个孩子视为己出，孩子们去上学读的也是普通的公立学校，除了家庭成员人数众多这个特点以外，孤儿院的孩子们真的跟普通家庭的孩子没有什么不同，院长夫妇给予孩子们的是满满的爱和满满的信任。尽管要负担这么多个孩子的生活和学习费用有一些吃力，需要社会爱心人士的支持和帮助，但院长夫妇从未认为窘迫和可怜，也从未让孩子们感觉到自己有一丝卑微，正由于此，这里的孩子们有着一般孤儿院孩子所没有的自信、懂事和快乐。

当我第一次跟随 Leoni 参与孤儿院的活动时，我甚至感觉，不是我在帮助他们，而是孩子们在治愈我。他们不需要任何人的同情与怜悯，他们称呼院长夫妇为“爸爸”“妈妈”，他们活得健健康康、堂堂正正，他们的眼睛里透出的是被爱着的纯净的光彩。他们的纯净让我感受到什么是真正的爱，让我体会到人与人之间最纯粹的关怀。Leoni 坚决贯彻“授人以鱼不如授之以渔”的活动方针，在每一次的活动里给孩子们带来美食是其次，更重要的是通过这个活动让孩子们能够学到一些不同于学校里教授的知识，由志愿者自发组

情人节跟孤儿院的小朋友一起过，用手掌印出爱心（图片来自金小银）

织的以英文、中文、韩语为主的外语课，还有其他的一些特长培养，让孩子们知道，自己的未来并不是只有一条路、一种可能。

我们骑着车到郊区，绕了许多条小路，才抵达了位于僻静处的孤儿院。院子不大不小，还建造了一些可供孩子们玩耍的滑滑梯、跷跷板一类的游乐设施，厨房后面还设有活动房，里面有架子鼓、音响和吉他。当我们抵达的时候，孩子们刚刚放学，因为孩子们的年龄参差不齐，因此上的年级、班级也各有不同。孤儿院大约是每天都有一个值日表，轮值的孩子很自觉地放下书包就到后院开始洗今日所有人的衣服，有负责冲洗的、有负责甩干的，各司其职、井然有序。其他的孩子们则开始做当天的作业，有不懂的就留着，等着问院长爸爸。我们则开始给孩子们准备晚饭，这一次我们做的是一位美国朋友擅长的美式快餐。Leoni 略微有些不好意思地说："我们今天的晚餐好像不是那么健康？"但有什么关系，孩子们只是单纯地为大朋友们的到来而开心。在正式用餐前，孩子们还有一个祷告仪式，由其中几个孩子领头，然后所有孩子一同吟诵，整个祷告大约 5 分钟。祷告进行的时候全场鸦雀无声，几秒钟前还很欢乐的气氛顿时变得庄重而肃穆。这个画面给了我很大的触动，那一刹，我看见的不是一群孤儿院的孩子，而是一个个圣洁的天使。

晚饭后，今天的安排是联欢活动。刚才负责烤肉的美国小伙子摇身一变成了摇滚鼓手，其中的几个孩子也展现了他们跟从前的志愿者们学习过的技能，唱歌、打鼓、玩吉他……虽然会的曲目有限，但是演奏歌曲的时候脸上都写着满满的认真。这样的氛围真的很好!

带孩子们到南邦水上乐园玩（图片来自金小银）

晚上9点，我们将要离开，我跟院长拿了一个捐款箱，告诉他这个捐款箱可以放在我们客栈，如果客人有零钱就可以投在里面，每两个星期我就可以点一下账，拿过来给他。院长很感谢我的热心帮助，并且表示如果有时间他会到我们客栈来坐坐。这样的交谈我们都没有当着孩子们的面，我们可以让孩子们感受到爱和温暖，但是尽量不要让他们觉得被救济。在我们上车前，几个孩子很主动地上前来拥抱了我们，她们笑得好温暖、好干净，让我再一次深深地觉得，这个夜晚，收获最大最多的，是我自己。

“文艺范儿”的生活哲学

本来没有想着写这个话题，可是编辑大人孟幻非常好奇，为什么清迈会被称为“小清新之城”，是什么样的土壤才能培育出如此多的大大小小、各不相同的“文艺范儿”小店？今天夜里，我翻阅这一年多来在清迈大街小巷行走时拍下的有意思的小店的照片，脑海里再一次浮现起孟幻问我的这个问题。究竟是为什么呢？

一直以来，非常相信“吸引力法则”，对于一座城市来说，也应如此。说不清最早是清迈的清新吸引了文艺青年的到来，还是文艺青年的到来造就了清迈的清新。这座城市很包容，容得下每日只想花 50 元的穷游背包客，也留得住有要求、有品质的中产阶级。即使是许多普通的人家，譬如我们酒店的清洁工一家，每天收入只有 500 泰铢，也会尽他们所能地把自己的住家环境和自己的衣着外貌打扮得干干净净、漂漂亮亮。他们会在自己家里种花，也许不是什么名贵的品种，但是颜色鲜艳漂亮，我偶尔送她的一个小发卡，她隔天就会美滋滋地戴着来上班。这里的人似乎天生就有着对美的追求，无论如何也不会放弃追寻美好，不会放弃去认真地生活！所以，这里有这么多美好又“任性”的店应运而生，他们哪怕开在最偏僻的巷道里，但只要出品足够有诚意，捧场的清迈人一定能够让这家店顺顺当当地开下去。

有人也许会认为，是不是因为清迈是一座旅游城市，这些美丽的小店也许是旅游商业化的成果。其实不然，在清迈待得久了就会发现，许多的身处深巷的文艺小店并不是为游客服务的，许多小店

在宁曼路7巷一家颇有特色的有机餐馆

餐厅的后院里搭着帐篷，用松木烤着篝火，营造出在郊外野餐的氛围

的老板都是这里的中产阶级甚至是有钱人，他们开的店其实是体现了他们的一种生活追求和生活态度。他们的文艺不是做给人看的，而是长在骨髓里。例如清迈大学后门的一个艺术社区，身处深巷之中，游客鲜有人知，他们面对的客户群主要就是本地居民和清迈大学的学生。这个艺术社区里不能免俗地有几家咖啡店，此外还有布艺店、手作陶土器皿店、蜡染服装店，等等。这个社区人不多，店主大多是刚刚毕业的大学生。他们不紧不慢地开着店，把小小的空间装饰得漂漂亮亮，只为迎接真正懂得他们作品的人。曾经和其中一个店主聊过，我问他为什么不把店开在游客量大的地区，明明房租和他现在这里也差不多，他的回答是："我的店就是要开给特意来寻找我的客人或者是愿意探索深巷的有缘人。游客们太浮躁，也许根本不会慢下来欣赏我的作品。真正会找过来的人，即使他们只是来看看，我也觉得很欣慰。"还有在玛雅商圈，藏在深巷里的Omnia cafe，老板原来是混迹于清迈各家咖啡店的潮人，我在许多咖啡店的facebook上都看到过他的身影，因为太爱咖啡他最近也开了一家咖啡店，我们一边看导航一边给他打电话，足足花了1个小时才找到他"大隐隐于市"的小店，有些急躁的心情却在一进店的时候就被店里的宁静所抚平，看着他专注而郑重地冲泡每一杯咖啡的神情，我想，我找到了花费1个小时来到这里的理由。这里的每一个摆件，每一缕空气都不仅仅是飘散着文艺的气息，更是彰显着这背后的专注与真诚。

现在，编辑孟幻的问题也许我已经找到了答案，应该就是认真地对待生活吧！因为认真地生活着，对美好的事物有追求、有执着，所以被许多身处快餐文化中的人们视作为“文艺范儿”，其实，这才是正常的生活不是么？清迈的慢节奏让人们褪去浮躁与功利，认真地经营自己的生活，对自己所处的空间不敷衍、不将就、不得过且过，懂得爱护、懂得珍惜，在这样的氛围里欣赏美、享受美、创造美成了每一天生活的必需。也许，这正是清迈小城的迷人之处吧！

艺术家餐厅在 iberry 甜品店那条巷子的对街，名字叫作 L'elephant

在艺术家餐厅我最喜欢的一道菜——非洲风味和法式菜系相结合的吞拿鱼蛋黄薄饼

手作之城的人情温暖

相比流水线上出来的高贵冷艳的所谓“大牌”，我更爱的是浸润了匠人们指尖温度的“手作品”。愿意手作的人不仅需要独立的精神，更需要一种生活情怀。生命那么短，时光那么长，手作就是在用我们有限的生命为作品雕刻上永恒的时光。无疑，清迈这样的一座小城，是适合这样的手艺人生存的。都说遇上一个对的人，可以让自己变得更好，而遇上一个对的城市，也是一样。

生活在清迈的人，似乎动手能力都不差，而最让我敬佩的是他们的姿态与步调，不急躁、不功利，不是为了创造更大的商业价值，不是为了要去赚取更多的利润，有时候他们的手作只是为了悦己。所以，熬得住时光慢慢磨，可以全心全意做到自己满意为止。

来清迈以前，我以为自己会做护肤品、打银饰金饰、做陶艺、做小摆件什么的，已经是很不得了的事。来了清迈才知道，人家是亲手做出一个家！我说的就是 Pun Pun Organic Farm 的老板 Jon。他原是一个“曼漂”，在受够了城市生活后的他选择回到清迈以北 50

公里开外的地方开始他的新生活。他的第一件手作品是——一座房子！他自学了土砖建房技术，每天工作 2 个小时，3 个月后这第一件手作品就这样华丽诞生！在那之后的故事我们就都知道了，Jon 的“势力”日益发展壮大，一栋栋造型各异、结构敦实的房子就像长在田野里的蘑菇，依山傍水、蛙叫虫鸣……Jon 不仅因此吸引了越来越多前来学习土砖建房技术的朋友，也因此得以推行他的有机生活理念，Jon 告诉大家不要使用化肥、不要洒农药，教给大家如何有效地用自然的手段预防虫害。有机农场里的菜和水稻越来越多，Jon 又开了两间有机餐厅，至此 Jon 的“乌托邦”完全落成，内部的成员一半是泰国人，都是 Jon 的亲戚朋友，一半是慕名而来跟着 Jon 一起生活的西方人，学习种菜建房，还给 Jon 的有机餐厅打零工。这真是我听过的关于归隐田园最完美的生活，在这里每一口米饭、每一颗蔬菜都有着关于它与耕种者的故事，是他看着它一天天成长，日日给它浇灌，它则化作最甘美的果实，献上最丰沛的汁水。我想，在这里吃饭，应该每一口都充满了情感，每一口都是幸福的味道。

再近一点的例子是我们身边的朋友 Mike。他是一个香港人，在清迈开青年旅舍，青旅的名字叫作“小鸟 little bird”。因为是青旅，本身房价便宜，如果样样都去买全新的并且合自己心意、符合店内装修风格的家具，花销则太大。Mike 又是一个肯钻研、肯学习的人，于是他开始自己学做木工。到郊外去回收旧的木板或者二手家具，拿回来自己重新拆卸、打磨、组装。从店里前台招待用的桌子到休息区的沙发，还有自助区、店门口的吧台吧椅，小鸟旅舍的里里外外都在不知不觉中被 Mike 变了个样子。最近，真正让我佩服得五

清迈创意集市上售卖的大多都是手作品（图片来自嵇祁）

市集上的手作陶罐

体投地的是，这个人心血来潮，怀念起了以前我们小时候玩的投币型游戏机，于是他花了两个月，画图纸、接电路、裁木板，真的让他做出一个有模有样的“街头霸王”投币机！ Mike对于他一手搭建出来的“家”有着很深的感情，说来也怪，在Mike这里待着的时候确实感觉很舒服，虽然装修得也许不够精致，却因为全是自己手工制作的缘故，在这里不论是打滚还是卖萌都觉得很自在。

还有我最近认识的一个日本瑜伽老师Mei，因为都喜欢自己琢磨制作护肤和洗浴用品，我们聊得很投机。在瑜伽馆见了几次以后，她邀我去她的有机手作庄园看看。说实在话，当我第一次到她的庄园里，是有些受冲击的。我总是自诩为化妆品手作达人，但以前在国内制作时，都是在淘宝上买原材料，从来没想过自己专门建一个原材料自给自足的手作庄园。她庄园里从花到树都各有用途、各得其所。可以食用的玫瑰花和蝶豆花，洗头可以煮皂角，嫩肤有酸角树，防虫驱蚊有香茅，还有零星几棵咖啡树……在这个有机的生态园里，老师可以几周都不用出门。从晨起采花，到黄昏瑜伽，再到晚间泡浴，身上用的、洗的、搽的，都是出自自己的双手，亲手种下、看它开花，再亲手制作、亲手送人，这样的日子实在是太诗意，太美好！

在清迈这个小城，手艺人很多，人们也愿意为了自己的作品耐住寂寞，这样的氛围总是不知不觉地教会人懂得感受和品味生活。所以，在这里，最珍贵的礼物不是什么名牌商品，而是自己亲手做的东西，这是比奢侈品更奢侈的作品，这是一个手艺人能够给予知己，最高规格的馈赠。

在日本老师的庄园
里采摘原材料

把花瓣晒干

清迈许多手作品都离不开的蝶豆花

小城滋味，细品生活

在清迈定居1年多，遇到过志同道合的旅人，也碰见过对清迈一无所知，放下行李就说要去海滩的旅客。无论知不知道、懂不懂得，提起这个小城，我总是有太多话想与他们说。

很多人知道清迈都是因为邓丽君，这位歌唱皇后，每年都会到清迈疗养，为这里情真意切地唱了一首《小城故事》，直至她将生命最后的时光，留给了这个她最爱的小城。于是直至今日，依然有络绎不绝的游客到她下榻的美萍酒店去喝下午茶，到她的房间去参观，缅怀昔日的甜歌天后。除了邓丽君，这里还留有“哥哥”张国荣的气息，他来这里避世，他来这里疗伤，他来这里过田园生活，甚至掷下几千万买下了四季酒店的一号别墅。

而于我而言，我从未痴痴追寻他们的足迹，没有到过邓丽君的房间，没有进过张国荣的别墅，并不追求要去每一个他们去过的地方。因为在我的心里，我的城就要用我独特的方式来品味，我要用我自己的节奏与它共呼吸，贴近它和缓又让人安心的脉搏。

给“小绵羊”加油

我们在清迈最重要的交通工具

关于清迈的吃喝玩乐，说多也多，说少也少，在它的近郊也有数不胜数的自然风光。这些自然风景并不波澜壮阔，却，往往在不经意间贴近你，而后，狠狠地在你的心头捏上一把！就像一场突如其来的爱恋，情不知所起，而后一往情深。

若要细细说来，我似乎也讲不清我究竟爱的是哪座山、哪片水、哪块地、哪家店、哪个人……就是这么爱上了！当我骑着小绵羊到护城河边，无论是清静还是拥挤，都能让我感觉到心安；当我听见这里独有的软软糯糯、轻缓温柔的语言，我的身心都能被熨得极妥帖；当我晨起听见邻里之间的寒暄，看到他们的笑脸，我就可以一天都带着好心情……

爱上这里，一定不仅仅是因为物，因为景，更重要的还是人。这是唯一一个给了我足够安全感的城市，到了熟识的咖啡店里可以任由手机钱包放在桌上，离开座位也不用担心东西被偷；因为摩托车打不着火，拐进一条不知名的小巷任意找间修车铺，留下电话，车钥匙一丢，车子抛锚的地理位置一报，就可以打车回家静待消息了……当然，我不希望把这里描述成十足完美，但至少在这里，彼此陌生的人之间，我感受到的是善意大于恶意，信任多于防备。

我们住在古城区，说是古城，不过是直径 2 公里左右，由一条小河围起来的巴掌大的一块区域。也没见得有多么特别，不是游客们想象中的十步一古迹，它有的是自然散落的寺庙，身穿袈裟的小沙弥，每隔三五米就会出现的特色咖啡小店，飘散着若有若无香茅草味道的各个按摩店，还有零零星星的手作艺术品店，古镇以它不急不缓的步调揭示着生活的真谛。

在这里待得越久就越觉得踏实，生活原本就应该是这个样子，有甜蜜、有忧伤、有争执、有和解、有享受、有奋斗……最终，这一切的一切都会化在爱里，氤氲出它幽幽的香。

那些美好的生活日常

「择一城终老」

清迈名人志

旅居清迈的华人

世界各地总有华人的聚居地，在清迈也不例外。清迈的华人，年纪长一些的主要是来自云南、福建、海南的移民。这些人大部分已经有了泰国国籍，在清迈结婚生子，落地生根。在清迈能看见不少海南人、福建人修建的祠堂和会馆，向世人述说着他们的家族当年漂泊闯荡的故事。

这次要说的是30岁左右的这一群年轻的华人。和我们年龄相仿，他们有的拖家带口来到清迈，也有的只身前来，还有的是中国的留学生毕业之后留在清迈。每个人身后都有一段故事，而今天，大家面对的都是不同于老一辈的全新的生活，各自体会着不一样的心情。

钟老板是广东人，烧的一手好菜，煲的一手好汤，带着儿子、老婆来清迈生活、开餐馆。还听说他以前是TVB的演员，演过很多戏。之所以知道这个，是因为有次我们在他的餐馆吃饭，有影迷认出他而且找他签名，那个时候我们才知道他曾经的光辉岁月。

钟老板的儿子叫作“天哥”，是个唇红齿白的小帅哥，在读小学二年级。刚认识他的时候，“天哥”就因为在游戏上的共同语言而跟韩老板打得火热，两个人互加了微信以后，还会经常互发一些游戏攻略什么的。不知道是现在的孩子都早熟，还是因为“天哥”与众不同，他的说话行事总是一套一套的，有自己的逻辑，说话的方式也不太像个孩子，非常有趣。

钟老板的天字火锅跟我们客栈的开业时间差不多，但是开店两年来，根本没有赚到什么钱。一开始餐馆生意清淡，钟老板以为是自己的问题，于是拼命改良自己的菜品和口味，后来做了自助火锅，生意开始好起来，但依然没怎么赚到钱。钟老板又想，可能是菜价过低、成本太高的缘故，一个人不到40元可以任吃，而且每天用不完的食材都被浪费，确实成本和回报不成正比……勤奋的钟老板又继续改良，综合我们周边这些朋友的建议，他决定改做干锅香辣虾，敬业的钟老板还请我们去试了好几次的菜，最后终于定下最终版本。重新开张不久、果然客似云来，餐馆人气很旺，钟老板很高兴。但是，做了两个多月，再一算账，还是没赚到什么钱。归根结底，还是房租太高，我们后来才知道，他的房租居然要7万多，挣得到钱才怪，辛辛苦苦挣的血汗钱都养房东去了！我们力劝他退租，重新再找地点，他这么好的手艺，不怕开了新店没客人。于是，现在钟老板正在跟房东商定退租，我们也在帮他留意新的地点。

像钟老板这样举家迁徙的华人不少，大都来自北上广深等大城市。毕竟拖儿带女的迁徙不是件小事，真金白银的负担少不了。回过头看自己，突然有些庆幸，两个人的世界确实简单得多。

除了“钟老板们”，还有不少只身前来的勇者。来自兰州的翟伟有烧烤手艺，地道西北风味，因为一直没有找到合适的店铺，生意迟迟没有开张。古城西北内环路的大头，她的米线店生意并不顺利，究竟在清迈该如何生活大概此时她心中并没有确切的答案。

清迈的华人各色各样，他们追寻着自己的梦，刻画着各自不同的人生画卷。清迈，或许将会是一片乐土，或许只是一段酸涩的回忆。

“清迈地霸”浩哥

浩哥，一个城里低调城外飘香的“清迈地霸”，在泰国的大学里当过中文老师，后来为了避免误人子弟及时悬崖勒马，转行做房产中介、酒店代订、特邀司机等乱七八糟、风马牛不相及的事情。这么不靠谱的浩哥，知名度大到什么程度？“悄悄告诉你，如果你到了清迈，浩哥不见你，只能证明你不是一个有影响力的华人……”这是一个朋友写的一段关于浩哥的文字，而今又被我拿来继续引用。浩哥看过书稿以后沉默了好久，今早发了一篇朋友圈委婉地说，这段文字容易让不了解他的人产生误会，说得他像一个“势力鬼”……我想说，浩哥，你真的想多了，大家反复引用这段文字不过是为了借机表示自己是个有影响力的人！重点不是在浩哥，而是在“被接见”了的我们！

初识浩哥，是关注了他的微博，看了一阵子，在心里默默地想：“他是个老愤青哦！”然后默默地在脑海里勾勒出他的长相——满身文身、身材魁梧……然后，我以写书做采访的名义首次约见了这

第一次见浩哥

位传说中的大咖。见到真人的时候，心里首先跳出的是“温顺”这个词。很难想象，眼前这个客客气气、彬彬有礼、身型小小的光头是网上那个言辞犀利的人。聊了一个下午，我逐渐了解他的心路历程——8 年前，对于一个刚出国门，刚到异国他乡定居的人来说，外面的世界跟自己从前知道的、想象的都不一样，的确是一个非常巨大的冲击，无异于是思想上的易筋洗髓。刚开始他会有一些极端的想法，花了几年时间重新塑造自己的“三观”，学会重新看待这个世界，近两年他慢慢地平和了下来，看问题想事情也变得比过去更客观理性一些。

自那次会面以后，我们得到了浩哥的认可，他开始时不时给我们一些新的机会。先是把我介绍进了一个叫作“小地球”的“不靠谱”

群体，群里都是从中国散落到世界各地的怪胎和梦想家，100 多号人在你听说或是没听说过的地方当着“领主”，其中有摄影大师、旅行家、美宿老板，还有浩哥这样无所事事、什么都不干也什么都干的人……这让我仿佛找到了组织，群里每一个人的经历都可以写成一篇精彩的小说。除了带我进“组织”，浩哥还会时不时来“调戏”我，告诉我他新的创业计划，每次都说得跟真的一样，听得我以为跟着浩哥混，下一秒就要暴富了！然而，直到今天，浩哥还是波澜不惊地养着他家“七歪八倒”的两个娃，在群里日复一日地为大家提供清迈各处房产的最新消息，然后偶尔甩出来一句：“最近带着客户去看了太多土豪的房产，恍惚间都以为自己也是土豪了！”面对这样老不正经的浩哥，我唯有无言以对……

说到带娃，有一阵子老是看到浩哥发朋友圈感叹各种愧对孩子啊，什么工作太忙没空陪孩子玩啊，没有及时关注跳跳的心理状况导致她变得有点小孤僻啊，以后一定要多陪陪孩子啊诸如此类，我心里闪过的是“呵呵……”。但可是，这回他是认真的。不记得从什么时候开始，每周日成了浩哥家雷打不动的家庭日，不是上山就是下水，安排得无比丰富！在我的百般央求之下，浩哥带着我们跟他一同度过了一个家庭日。

这天他带我们去的是他的私家珍藏景点，他给这里命名为“白石瀑布”。原本只是打算愉快地聚聚餐、增进一下感情，却被这个景点大大地惊艳了一把！我美其名曰要帮浩哥一家进行一日跟拍，然而到了现场一看，我觉得我高估我自己了。业余的摄影技术，再加上看着极为陡峭的瀑布水路，原谅胆小如鼠的我只能如此了——

浩哥的家庭日，我们抵达白石瀑布

我们的狼狈跟浩哥的驾轻就熟形成鲜明对比

跳跳走白石

整个逆流而上的爬瀑布过程，要小心相机进水，又要跟上前面健步如飞的浩哥，还要小心脚下的青苔，到后来几乎手脚并用，狼狈却又刺激。再看浩哥，一手抱着娃，一手拿着手机，如履平地，走到个别陡峭处还美滋滋和女儿自拍一张。浩哥，你一定是上天派来嘲笑我们的。经此一役，浩哥在我们心目中的形象又高大了几分！

行文至此突然想到，这篇文章一定不可避免地要被浩哥看到，为了避免他事后进行打击报复，我把整篇文章又从头读了一遍，发现我写的字字属实、句句在理，即使他要找我算账我也可以百折不挠、宁死不屈。

跟这样一群人同在清迈生活，真是太不容易了！

在院子里埋了三亿泰铢的“搬砖工”

张哥一直是清迈的一个传说，台湾老男人、花臂、长发、包工头，有一个性感漂亮的成都女朋友，开着一辆复古又拉风的蓝色甲壳虫，拥有一家永远不赚钱却永远在装修升级的背包客客栈，传说他的院子里埋了3亿泰铢。

很难解释，这个一天床位仅卖几十块钱的背包客聚集地何以存活了3年多；很难解释，为什么所有人都说来清迈旅居的人一定要到Chiang家报个到；也很难解释，这个院子不大、蚊子又多、又没空调的地方何以每晚都吸引着各个阶层的人来此……或许唯一的解释只能是，张哥在院子里埋了3亿泰铢，客栈快倒闭的时候就挖一点钱出来应付，大家每晚都过来讨论关于3亿泰铢的埋藏地点和用途。

张哥是一个永远“负能量”满满的人。你问他清迈好不好玩，他会跟你说“这里无聊死了”；你问他清迈什么时候气候最佳，他会告诉你“清迈热到爆，你来干吗”；你问他如何在清迈赚钱、白手起家，他会说“如果你家底够厚的话可以过来这里开家店，败着败着你就麻木啦”……如果就这样被他吓跑，你就太不值了！

这个说清迈不好玩的家伙隔三岔五在他的院子里办 party，每次 party 都不同主题；这个从去年就传说要被卖掉的院子，引得所有人都为它揪心，可直到今天还在坚强地开着，并且又添了几只猫；这个天天在说自己家店亏钱的家伙，买了一辆风骚无比的“甲壳虫”，带着自己的如花美眷，三天两头跑到郊外撒欢。张哥总是自称“屌丝”，却总是没有身为屌丝的自觉，开老爷车、用 Gopro，他女朋友小邪天天吃燕窝，闲暇时还自己做牛皮包。所以，张哥吓不退前仆后继的人，在清迈遇到什么麻烦还是来请教他，比如装修出了什么问题会来问他，在清迈置业以后也恨不得要找他来算一卦。张哥到底都会一些什么？小邪说他上知天文、下知地理，而他身边的朋友们呢，小到家里装个鱼塘，大到办公司创业，都可以来问一问他。

偶尔在群里问候一下张哥在干什么，他的回答常常都是：“在搬砖！”又在扮猪吃老虎，我明明看到你带着小邪去了夜丰颂！如果不是张哥，我都不知道夜丰颂这个地方。夜丰颂府，距离清迈 200 多公里，每年的 11 月下旬到 12 月上旬是这里的野菊花节，这里的野菊花学名叫肿柄菊，又称墨西哥向日葵，夜丰颂府野菊花开得最好的地方是在坤荣县。张哥开着拉风的甲壳虫、带着他家娇艳的小邪一路走一路拍，那艳丽的黄色沿着公路两旁漫山遍野地铺展开，偶尔在黄色花海里跳出一辆蓝色的老爷车和一个窈窕的身影。美景、美眷往朋友圈一发，正在苦苦看店的我恨不得立刻飞过去！

张哥把他家宝贝小邪藏得很好，清迈各大聚会轻易不带小邪出

风骚的甲壳虫和迷人的小邪（图片来自张哥）

花海中的蓝色老爷车（图片来自张哥）

艳丽的黄色漫山遍野地铺展开来（图片来自曹慧平）

席，一旦小邪出现，证明这个聚会在张哥心目中不一般，连我的生日派对都没能吸引小邪出现……今天写的这篇关于张哥的文章，想请张哥来个寄语作为这个流水账的结尾，平时号称“微信秒回王”的张哥竟然一时语塞，隔着手机屏幕我似乎都可以看见张哥那一脸“你是在逗我”的表情！好吧，就不用您老人家寄语了，只要大家记住，来了清迈，没事可以找我闲扯唠嗑，有困难请厚着脸皮去找张哥，一切困难都会解决的！

暗黑系之米老板

在我们清迈的这一群“狐朋狗友”中，今天我想要挑出来说一说的是那个表面暗黑、以“毒舌”著称清迈的米佳。古城中心，著名的“U清迈酒店”的对面有一间中餐馆，名叫“辣子村”。因为位于古城中心，饭菜可口，生意相当不错。店主是天津人，我们都亲切地称呼他“米老板”。浓密的黑胡茬子，从不摘掉的黑框近视眼镜，再加上一张轮廓刚劲的脸，每次见他都觉得他是比我年长好多岁的过来人。要不是他咧嘴一笑开起了他独有的黑色玩笑，我就要改口叫米老师了。

米老板爱运动，每周六必去和几位球友踢足球，司职后卫，技术颇为不错。闲时还喜欢去挥几杆高尔夫球，按他的话说，清迈的高尔夫球比白菜还便宜，你就可劲儿玩吧！不过最近这位仁兄又迷上了桌球，号称要挑遍全清迈的高手！好吧，你说了，我就听着。不过他最爱的还是在餐馆对面的一家咖啡馆看书。在米老板的世界里，看书是一种生活方式。

米老板有一个5岁的女儿叫肉肉，就读于清迈的一所国际学校，肉嘟嘟的小脸留着刘海，最喜欢缠着大人和她一起看动画片。肉肉中英泰语都流利，可以随意切换三国语言和人沟通。虽然我们有时也是中英泰语混着说，但那是因为遇到不会说的单词无奈换一种语言，而肉肉则不然，她可以根据对方的语言自然而然应答而出，你说中文她也说中文，你说泰语她也说泰语，你来英语她比你还流利。肉肉的“三语贯通”得益于环境、学校的影响以及米老板的家教。在国际学校老师用英语和泰语教学，在家和华人圈子里则主要用中文，她与自己的小伙伴们交流则以泰语为主。

米老板跟肉肉的交流方式经常让我瞠目结舌。肉肉刚上小学一年级，米老板就跟她谈人生，谈社会责任，连做个家庭作业都要上升到责任感……我常常为肉肉感到委屈，抗议米老板太苛刻。不过肉肉心宽，似乎她老爸如此严苛的教育也还没对她的心理造成什么重大创伤。

说了半天还没提到为什么我称他为“暗黑系”的米老板，暗黑其实不是我对他的“褒奖”，而是他对自己的评价。他总是说自己：“我是个心里很阴暗的人，我这个人很现实的，理想主义的人别找我。”听起来很冷酷对不对？就是这个很冷酷的人默默地去做了许多很阳光的好事。比如带着女儿到山里的学校去做慈善；比如帮身边的朋友联系律师，找会计；再比如有个萍水相逢的客人在外省出了车祸，这个“最冷酷”的人真的会因为一通电话，驱车几百公里去帮他……而最近，最让我刮目相看的是，米老板还考取了清迈旅游警察的义工，去当了“义警”。清迈游客多的时候，他每天都要去警局，工

米老板一家（图片来自叶波）

作时间常常超过8小时，他的工作没有工资、没有补贴，警服、警帽、电棍等装备都要自己花钱买……我自认为尚且没有他这样的觉悟，这个自称“冷酷、暗黑”的人却做了这件我所见过的最温暖的事。

最近我们的兴趣就在于听他说每天在警局里的趣闻轶事。据他介绍，泰国的警察其实也挺惨的，除了比米老板这样的义警多了一份固定工资，其他的东西也都要自己花钱买，包括警察的配枪在内。他们原本工资就不高，再要开销警服、警帽、电棍、配枪、车子这些，不用算就知道那是怎么一种入不敷出的状态。我突然有些理解他们在路边查车收小费的行为，还有泰国人所说的让他们办事就要塞点小费的事，他们其实也有自己的难言之隐。在清迈的生活让我慢慢学会了换位思考，“理解”与“宽恕”说起来是两个简单的词，却需要我们用一生去学习。

说回这个“暗黑”的米老板，时至今日，这个当了义警和两个女儿的爹的人依旧漫不经心地耍贫嘴，用犀利和刻薄来武装、伪装自己，顺便也影响得我这个从前喜欢打圆场、搞气氛的人说话也变得“剑走偏锋”起来。米老板，你要为此负责！

因他农山上的“土豪”

12 月 21 日至 12 月 23 日这 3 天是苗族新年，我们和冥哥、阳阳相约，一起到因他农山上的萍老师家去玩。

每年的 12 月到次年 1 月，清迈大约有 30 天的寒流来袭，每当这个时候，全泰国的人民都会往北边涌，前往泰国最高山因他农山——找冬天！我们上山这两天，正遇上再度降温，清迈古城内都只有十三四度，就更别提山上了。

我们穿着厚厚的棉袄，在山下买了一些必备物资以后，历经 3 个多小时，终于到了因他农山，萍老师的车没有开往我们喜欢的最高处的“阿凡达秘境”方向，而是拐上了另一条山路，开往山的背面。这一面，有十八弯的山路，一望无际、绵延不绝的梯田，还有沿着山路满山的樱树，每到樱花盛开，那漫山遍野的粉红色，让你仿佛置身于日本京都。

现在离樱花的花期还早，但是也已经看见部分樱花含羞带怯、零零星星地开放了。我想象得到，待到樱花盛开的时节，这里会多

山里的好水、好土壤、好空气是对山里人最大的馈赠

早上起来，穿着睡衣就上马路疯

么美不胜收！

再继续往上开，很快就到了萍老师家的露营地。一整片的山头啊，都是她们家的！这片地方长着野梅树、桃树等各种品种的树，还零星分布着几块草莓地、菜地。要知道，因他农山，用国内的标准来衡量的话，就是国家5A级景区，而她们家在这个景区里拥有一个山头！尤其是在第二天，萍老师又非常热情好客地带我们去了她家同样坐落于因他农山的另外几处菜园、果园、花圃时，我们只能默默相对无言，刺激太大了！

萍老师的老公带着韩老板开始搭建刚从家里拿过来的帐篷，然后生火，准备开餐。我、冥哥、阳阳则跟着萍老师到地里去摘菜。我们一个箭步先冲往草莓园，边摘边吃好惬意！萍老师说请我们放心吃，绝对一点农药都没有打。看着不红的草莓入口特别清甜，吃了完全没洒过农药的草莓，冥哥说这个味道好陌生！往山的深处走，我们看见一片黄澄澄的菜地，我惊喜地问萍老师，那是油菜花吗？萍老师回答，那是另一种芥蓝。我们走近，经过3个人的一致判断，那就是油菜花嘛！于是我们再次问萍老师："萍老师，这种菜在我们中国就叫油菜花，在你们这里叫什么名字？""名字就是芥蓝的另一种啊！"你们真的未免太朴实了！

在空地处，搭帐篷、生火的两位男士也已经准备就绪。烤上傍晚买的1公斤虾，一大袋新鲜青口和鱿鱼，这些一共才花了80元人民币。愉悦的用餐时光里，我们吹着山风，围着火炉，每个人都一边故作矜持地说"真的饱了，不要再烤了"，一边又在每一盘东西烤好的时候秒速"光盘"。因为山上佐料有限，只有猪肉略微用

采草莓的小冥哥

萍老师家除了菜园还有花圃

在萍老师的豌豆苗菜园里合影

自制的调料腌了一下，其他食材连盐巴都没放，却因此吃出了食物本身美妙的滋味。那种鲜，不是味精的鲜，那种咸，是海的味道。最惊艳的是烤猪肉配生菜，因为接近尾声，吃肉吃得有些腻，于是打着手电筒到菜地里摘了一棵绿生菜、一棵紫生菜，用山泉水冲一冲，直接包起烤猪肉吃。活了 27 年，第一次知道原来生菜是如此地甘甜。那种自然孕育出来的甜脆清爽回味在口中久久不散，我想我是忘不了这一夜了。我们要的其实如此简单，干净的空气、干净的水、干净的食物，就可以带给我们莫大的幸福。

夜晚伴着满天繁星和帐篷上结的霜露入睡，一觉醒来又是美好的一天！冥哥和阳阳跑到公路上去耍宝，萍老师两口子早已把土鸡烤好，紫米饭备上。吃过早饭，我们跟着萍老师上苗寨去看苗族人的新年活动，去她的哥哥嫂嫂家吃土猪，去他们家花圃、果圃摘姑娘果，临走还到萍老师家自动化管理的有机菜园摘了有机蔬菜带回家……这是典型的吃不了兜着走啊。我们一边默默脸红，一边继续摘菜……

我特别喜欢萍老师捧着蔬菜时纯美的笑容，喜欢她对每一株果树的珍视，喜欢她举重若轻地说："只要把土翻一翻，种子种下去，蔬菜就会长出来啦！"她带着山里人独有的淳朴与热情，让我仿佛看见了我们遗失许久的东西。感谢萍老师，感谢小伙伴们，让我们拥有了这次美妙的旅行！

最喜欢萍老师淳朴的笑容

愉快的山里晚餐

玩转清迈的韩国“欧巴”

什么是旅行？除了感受不一样的风景以外，更重要的是，感受不一样的风土人情。而风土人情由什么组成？当然是各式各样、形形色色的人。结识不同国家、不同地方又志同道合的旅人，一定可以带给我们对于这个世界的新的感悟。韩国小伙子 Shin 就是这样一个旅人，他除了带给我们不一样的清迈，透过他的视角，我还看见了不一样的中国、不一样的世界。

认识 Shin 是一次非常偶然的机会。“女超人”金小银到我们新建成的爰游别院做客，Shin 作为她的“专职司机”一同前来。说实在的，在这以前，我对于韩国人的感觉总是“看起来很近，实际上很远”。我们通过明星、电影、韩剧、辛拉面、整容技术来认识韩国，但实际上我们从来没有跟任何一个韩国人深交过，我们从未曾看清过他们。因此，在邀请他们两位喝茶时，我对 Shin 抱着强烈的好奇心。我很想知道，普通的韩国人到底在想什么，他为什么会来清迈，怎么看清迈，怎么看中国，怎么看中国人……

和Shin的交流很顺畅，他的英文水平不错，猜中国字、中国词的水平也不低。于是，我们可以讨论得更深入，远远比我所预想的要深入得多。我谈起中国当下存在的一些问题，有时是带着些许失望的情绪的。然而让我意外的是，Shin却比我要平和得多。他告诉我，韩国一样是在短短几十年间发生巨变，不论从经济、国民的意识形态还是发展历程，其实两个国家都存在许多的相似之处。现在中国所经历的某些问题，韩国当年也发生过，只是因为中国是这样一个庞大的群体，它的一起一伏都牵动着世界的神经，于是有关中国的一切，都极容易上世界头条。我不知道，为什么一个外国人对中国有着比我更强烈的信心，他相信这个国家一定会越来越好。相比我的"爱之深责之切"，他看见的更多是可见的美好。他给了我机会重新认识自己的祖国，重新思考"what I can do""how to do"。即使身处国外，我们也可以履行一名中国公民可以尽到的责任和义务，不是吗？

第一次愉快的会面以后，我们成了非常好的朋友。他向我们展示他在谷歌地图上的清迈收藏夹——密密麻麻的小星星！我们问他是怎么做到的，用了多长时间知道了这么多的地方？他有些得意地说："Only three months！ I just get many Thai friends and follow them!"我们好惭愧，来了1年多，竟然还没有人家知道的地方多！

于是，接下来的时间，我们跟着他去了铁矿水库跳水，国家地质公园爬山，去山上看日落，他把行程安排得很好，不疾不徐。作为回报，我们请他吃了火锅，包了饺子，喝了中国茶。接触越深我们越是发现，他的生活方式比我们更像清迈人。每个星期二晚上他

和 Shin 一起去国家地质公园爬山

在地质公园谷底从下往上看

地质公园内数百万年前河流改道裸露出的旧河床

会去北门看 jazz bar 的现场乐队演出，每天下午 5 点半他要去上瑜伽课，每隔两个星期去一次孤儿院做义工，不定期参加清迈的小团体郊游活动……Shin 的性格很好，因此总能够结交到许多世界各地的朋友。在和别人交谈时，他总是能够做到抱着极大的耐心和同理心去倾听别人的故事。我想，这真是在他身上，我们最需要学习的一项美德。

最近，这个韩国小伙子竟然得到了一份到中国做韩语老师的邀请。中国一直是他期待了解和渴望倾听的国度，更何况，他的确具备在“教与学”上的极强天赋。他在和我们一同出游的时候总是不停地跟我们学习新的中文词汇和语法，而我的英语口语也因为跟他的频繁交流和他的耐心辅导而得到进步，词汇量越来越大、语速越来越快。而今，他总算如愿以偿，这个对于他来说神秘又迷人的古老国度终于向他敞开了大门！期待他在中国的旅程，也期待他会因为在中国的经历而更喜欢这个国家。The best wishes for you，my dear friend!

咖啡暖男 Jimmy

Jimmy 是我们在清迈华人圈的同行，他来自马来西亚，和 Keeven 合开了清迈兰纳青旅。江湖上关于 Jimmy 同学的传闻很多，他爱咖啡、爱旅行、爱美女，关键词在“美女”！关于他的桃色绯闻，一抓一箩筐，也许有一天可以让他出一本书，叫作《我在清迈邂逅过的妞儿》。虽然同在清迈，一开始我们的交集并不算多，在一次聚餐中互加了微信以后，我们才通过在朋友圈分享各自的生活，逐渐拉近了距离。

Jimmy 是个很懂得享受生活的人，每天看他的朋友圈是一件很有趣的事，他几乎搜罗了清迈城内和郊区的所有咖啡店，每天就是和不同的咖啡、不同的咖啡店相处，看他的照片可以学到拍摄咖啡的 108 种招式。偶尔我们也会一起相约喝咖啡，他发现了什么秘密好店也很愿意同我们一起分享，Jimmy 喜欢的店铺都偏向自然、野趣一类，未必很精致，却很有当地风格，他容易被其中的一些小心思、小细节所打动。有一阵子他甚至专门找了一家咖啡学校学习制作咖

Jimmy 安排的两天一夜的旅行，异常完美——美莎瀑布

韩老板特意带上了吉他

啡，还兴致勃勃地带着他买的咖啡豆到我们店里来现场给我们进行演示。相对来说，他们开的青旅反而更像是他的业余消遣，他的主业应该是“玩”吧？正是因为长居清迈的人中，像他这样“不务正业”的人实在太多，导致我也跟着日益“堕落”，做任何事都以兴趣爱好为前提，有人来跟我谈所谓的“大生意”，谈资本运作，对不起，我脑仁儿疼……原谅我，正在被一天天同化得越来越没有“出息”。

Jimmy 还爱摄影，我一直都很喜欢他拍照的风格，但是这位自称非专业的摄影师总是看似谦虚实则傲娇地说：“哎呀，我拍得不好啦，如果是给好朋友拍怎么都好说，让我给客人拍就不必了吧。”翻译过来就是：我看得顺眼的随意召唤，看不顺眼的给多少钱都不拍！不知道这算不算是我们的荣幸，我和韩老板还算是他看得上眼的人，得以时不时享受到他的摄影服务。

五月的某一天，Jimmy 约上我们和另外 3 个朋友一起到山上小住一晚，行程规划、住宿地点都是 Jimmy 安排，大家租了一辆车，装上食材和酒水，韩老板还特意带上了吉他。美景、美酒加音乐，这个两天一夜变得异常地完美：我们在美莎瀑布的第六层野餐，到山顶的紫色花海里拍照，在悬崖餐厅吃晚餐、看彩虹，躲在凉亭里看东边日出西边雨，夜里在山顶住宿地烤玉米、弹吉他……Jimmy 对看日出有一种执着，因此住宿地都是再三地挑选。我们住的这家民宿在一览众山小的绝对制高点，拐上山顶的公路两旁都被民宿老板种上了向日葵和野雏菊，从房间看出去是绿油油的青菜地，远眺是连绵起伏的梯田，深吸一口气，从鼻腔到肺里都是干净又湿润的气息……

山顶的紫色花海

葡萄园里的无籽葡萄

一觉醒来，惊喜还在继续。我们退了房到另一个山头的度假酒店去用餐，在葡萄园里摘了一串无籽葡萄，就着蓝天白云吃了个早餐，下山的时候还要找一间咖啡厅小坐片刻，到山脚下做了 1 个小时的按摩，在傍晚时分，我们一路飞驰在撒满金色落日的稻田小路上，去往一个清迈土豪开的湖边餐厅，在逐渐暗下去的暮色之中泛舟、烤肉，短短两天的休闲之旅足以把我半个多月来积攒的疲惫一扫而光。

在这两天时间里，Jimmy 又当导游又当司机又当摄影师，我总算是明白这位仁兄为什么可以掳获大片的少女芳心了，从行程安排中就可以感受得到他的细致体贴和温柔周到。看来这年头，还是暖男更吃香。现在，Jimmy 已经返回马来西亚，我们约好，待他下次回到清迈时我们再到清迈远郊去小住几日。谢谢你带给我们的美好，我们等你回来！

跟着 Mike 学木工

我们为什么而活着，我们生活的意义是什么？在我们定居清迈两年以后，我越来越常思考这个问题。在清迈生存下来以后，再度思考这个问题，才不会显得虚伪和不切实际。

干净的水，好的食物，纯净的空气，友善的邻里关系，舒适的生活环境，可以每天睡到自然醒，偶尔不想干活就可以不用干活，还有一定的经济来源……这一切我们都有了，这听起来似乎很美，可为什么这样的日子过久了，心里反而越来越空虚呢？

直到有一天，跟 Mike 的闲聊解开了我许久的困惑。他告诉我，他曾经有整整两年时间到处旅行，却渐渐越来越不开心，他很理解我的感受。安逸的日子过久了，生活得似乎越来越没有依托，觉得自己好像慢慢被边缘化、被遗忘了。而这一切的症结在于——我们需要工作！是的，我们需要工作。未必是去给别人打工，而是需要给自己找一些真心喜欢、真正热爱的事情来做，去工作有时不是因为缺钱或者什么物质上的欲望，而是需要得到认可，得到自己在这

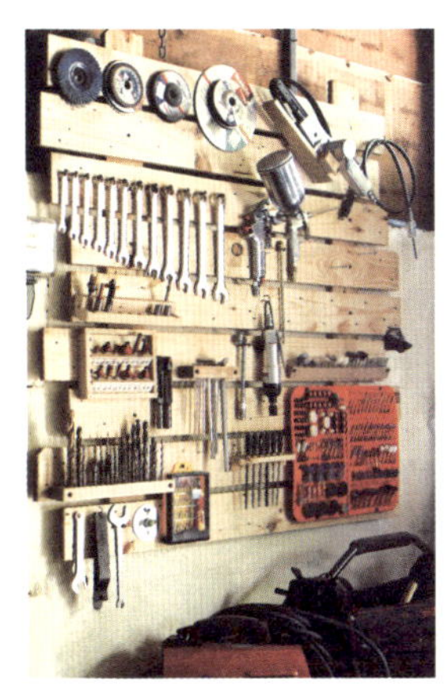

Mike 给我们工作室做的工具架，拿取工具更加方便了

个社会上生活的存在感。我们是一个社会人，既然生活在这个社会，我们总需要为这个社会创造有益的财富和价值。

Mike 的话让我茅塞顿开，清迈的确是许多人梦寐以求的“桃花源”，但是舒适并不是这个城市最大的魅力，见到过许多人在这里无所事事，舒适了两三年后却选择离开也正由于此——如果没有找到自己在这座城市存在的价值，一定没有办法长久地留下去。两家店已经可以自主运转，我们有了许多的空余时间可以做其他的事。除了留下两家店，我还希望能够再多做一些我们真正热爱的事业。Mike 再一次启发了我们，他擅长木工电焊，我擅长做生活日化用品，我们都有互相交流的渴望。于是，我们一拍即合，决意共同创办一间属于我们的手工工作室。

Mike 的青旅“小鸟旅馆

Mike 是个办事效率极高的工作狂，事情敲定后的第二天他就在我们新建的工作室微信群里发出了许多条清迈各区域的招租信息，一个星期内，他基本上就跑遍了所有正在招租的仓库和房子，很快，他就找到了一个价钱、地点让我们双方都满意的地方。第二个星期就签订了合同，付了押金。短短几个星期，在 Mike 的超级工作狂模式下，他给工作室安好了工作灯，做好了工具架和机床。所有的工具准备好后，他又开始一点点琢磨着做家具、做摆件。

其实 Mike 没有专门跟从哪个老师学过木工手艺，他店里所有的东西，包括那台震撼清迈华人圈的拳皇街霸投币式游戏机，还有我们工作室里的机床以及其他所有工具的制作方法，都是他从 YouTube 视频网站上学的。他自己在网上学习使用画图软件，自己钻研机械原理，自己推敲每个工具的用法和安全规范，他经常挂在嘴边的话是：“现在这个时代，资讯这么发达，我们真的没有什么理由说自己学不会做什么东西。只有懒死的，没有笨死的。”Mike

说他很敬佩老一辈华人那种勤劳拼搏的精神，他想向他们学习，把自己的每一天都安排得满满当当，并且乐在其中。

受到他的感染，我除了做自己的日化用品外也开始跟着他学习做木工。韩老板曾经给我泼过冷水，说：“你现在才开始学，要达到人家那种专业水准要到什么时候？还不如自己出好设计，找个熟练的老木工师傅，请人家帮你做。”我仔细想过，我爱的是自己亲自设计、亲手切割、亲手打磨的感觉，也许花的时间更久，也许头几次甚至几十次，会浪费很多材料却依然失败，但是我不怕。今年我 30 岁，我可以在未来的几十年中慢慢做。我总是有这样的愿想：希望这些浸润了我们心血、情感和思想的作品，可以在我们离开这个世界以后依然闪闪发光！

跟着 Mike 学木工

「择一城终老」

爱游旅人书

旅行，是一件很私人的事情

现在会遇见越来越多的人强调外出旅行一定要自由行、自助行，不想跟团，不要跟其他人一样。“老板娘，在你遇到过的住客里，我们是不是最特别的？”为什么一定要强调个性，强调与众不同？在我看来，这当然是一定的！人，生而不同，每个人都是如此鲜活的个体，每个人的人生经历又是如此精彩，这个世界上，连两片完全相同的树叶都没有，又怎么会有完全相同的两个人。而旅行这件事，对于每一个不同的个体来说，自然会存在着更多的不同和差异。

也许很多人都曾经思考过旅行的意义，甚至追寻过旅行的终极意义，但是在我看来，旅行是没有终极意义的。它不能说明什么，不能代表什么，它不是一份荣誉，不是一杆旗帜。旅行就是旅行，有些人是为了探索，有些人是为了放松，有些人只是纯粹想换一个环境，有些人是为了猎奇，许许多多、千奇百怪的原因和目的，没有哪一种比另一种更高尚，说到底，这些都是我们的生命体验罢了。

在开客栈 1 年多以后，第一次的越南短期旅行却给了我不一样的感悟，也许对于我而言，旅行是为了让自己更宽容吧！

在清迈定居近两年的时间里，因为安逸的大环境使然，我曾经逐渐对于许多事都变得缺乏理解，我不理解为什么有些人到清迈旅行要把时间安排得特别紧张，我不理解为什么有些人要对我、对陌生人表现得警惕万分、毫不信任，我不理解为什么有些人会愿意千里迢迢跑过来只为了拍一张到此一游的照片……因为清迈太过美好，让我在这里生活得久了逐渐把这种美好当作了理所当然，所以，当我离开之后再回来，才又重新意识到了这里的珍贵。在旅行中看看自己的表现，经历形形色色的人，也让我重新对我的住客们多了更多的理解。原来，我自己在旅途中也不过如此，人总是容易对自己不了解的地方和人产生误解，同样的风景因为看的人不同，感受也会非常不一样。

说到底，旅行是那么私人的一件事情。我的一位好友，她的旅行模式就是“躺晒”，给她一片海、一方水、一个躺椅就好，她对完美旅行的定义就是——不用动，吃好、住好、躺晒；而另一位好友则对文化、音乐特别感兴趣，目的地和旅途中都不能够缺少诗和音乐；而韩老板是个好奇宝宝，是一个探索欲和求知欲都超强的人，他的旅途中一定要有新的生命体验和未经历过的内容；而我，是一个旅行必做攻略的人，然而最终又未必会按照攻略走，我喜欢在旅行前和旅行中为同伴们做计划、做安排的感觉，能触动我的往往是旅伴在旅途中的感受以及某一些人给我的反馈，简而言之，我喜欢在不同的环境之下感受人与人之间产生的化学反应，我喜欢在旅途中获得成长……

说了这么久，主题是什么？这一章的爱游旅人书，就是通过不同人的不同视角、不同玩法呈现出不同的清迈。在客栈的迎来送往中，在每一个人的故事里，也许你都可以找到自己的影子。在那么多种旅行方式中，总有你想得到的答案。

夜情迷——桑珠才让的清迈夜生活

每个人对清迈的理解都不尽相同。有人喜欢清迈贴近自然的野趣，有人专程来体验和大象的亲密接触，有人喜欢泰国传统的“马杀鸡”，还有人喜欢大包小包地把各种清迈特产拎回家。今天来的这位客官——桑珠才让，对清迈有他自己的看法。

从昆明飞曼谷，曼谷飞清迈，开车载朋友去清孔，再坐班车回清迈……来来回回仿佛是在体验泰国的水陆运输系统。平常的游客会说这是个折腾的行程，南北倒飞不提，去清孔也仅仅是为了送朋友而已，这是在旅游吗？这是在画泰国地图吧！说对了，这不是旅游，这是旅行。

“我不在乎什么景点，也不在乎旅游的项目，我要发现的是清迈的美酒与美女。”我明白了，他送去清孔的那位朋友必然是个美女。

桑珠才让就这样，独自一人骑摩托车在清迈的大街小巷寻寻觅觅，宁曼路、湄平河、塔佩路，哪里有音乐就去哪里，哪里有美女就冲向哪里！在清迈的2天时间里，他每个晚上流连于四五个酒吧之间，听着他娓娓道来酒吧的种种惊艳，我心中的清迈也开始有了不一样的颜色……

In Town 酒吧，护城河边的 Jazz 乐酒吧，高水准的现场乐队加上劲道十足的 Chiang 啤酒，以清迈特有的缓慢节奏带你进入摇摆上升的情绪。护城河边是古城的一道亮丽风景线，环绕整个护城河，酒吧很多，而且风格各异。有几张小桌、一张球台的小吧，也有现场乐队演出的“大型”酒吧。

华灯初上，酒吧的炫彩也次第渲染开清迈的夜晚。才让兄便随着这氤氲的夜色姗姗而起，驾着他的小摩托出发去寻找美女与美酒了。

酒吧里除了游客之外，也不乏当地人。年轻人居多，美女也不少，这正好应了才让兄的景。两瓶 Chiang Beer 下肚，心就飘荡了起来，音乐也散发出格外多的魅力，身旁是一张张如花的笑脸，还有什么可以挑剔的，还有什么事情值得烦恼呢？

他说：“英语不好不要紧，只要真诚，这是交朋友的诀窍。”当然，脸皮太薄也不行，不过不用担心，酒精、灯光和夜色会自然地将你的脸红消弭于无形。其实，很多清迈人英语也不好，结结巴巴的表达恰好营造出一个特别的氛围，不必太懂，也不会不懂。这就是清迈的夜……

Since1984 酒吧，位列塔佩路酒吧 No.1，地理位置好，看完夜景正好可以在这里坐下来，适合步行中小驻。旅游之地最不缺的就是人，所以里边经常客满。虽然可能听不懂酒吧的音乐唱的是什么，但是你绝对可以感受到清迈的热情和淳朴，还有包容和舒畅……

桑珠的清迈夜生活

桑珠才让说，清迈的美女眉清目秀、活泼开朗、声音甜美，在酒吧请她们喝上一杯龙舌兰，很快就可以和她们成为朋友。

清迈的酒吧集中在 Pratu Tha Phae 城门附近的 Th Moon Muang 大街上。你可以见到许多汗流浃背的外国人、廉价啤酒、霓虹灯，此外湄平河东岸有一些很棒的酒吧餐馆都有现场音乐演奏。桑珠才让推荐如下：

Boy Blues Bar

Riverside Bar & Restaurant

THC

Infinity

Yellow

这几间酒吧在周末的时候人气较高，喜欢热闹的朋友不妨一试。特别是 Infinity 酒吧环境不错，播放的都是热烈的 Disco 音乐，外面是一个半露天广场，有乐队表演，食物可以点单，味道不错。2 升超大瓶啤酒 600 泰铢，够四五个人一起享用。

Yellow 酒吧也是可以玩到深夜的酒吧之一，半露天，有一个小型舞池，DJ 现场献艺，酒品便宜实惠。Yellow 吧在清迈享有盛名，只要你开口问，自然会有人告诉你如何去。Yellow 吧左右还有其他风格的酒吧四五间，你完全可以花一个晚上的时间来一一体验！

桑珠才让说他今天要飞去甲米，继续“考察”甲米的酒吧和夜生活，希望他继续他的自由之旅，继续艳遇。

是不是还在担心清迈晚上找不到乐趣而倒头大睡呢？其实不然，如果你也能像桑珠才让一样去寻觅自己的清迈，那将会是一个不一样的清迈，一个属于你的独一无二的清迈。

（韩东）

好的旅程要遇上对的旅伴

不知道大家是否有过这样的体会，一个从没去过的目的地，一处原本漂亮的风景，也许因为遭遇了一个不适合的旅伴，而把旅行搞得一团糟。同理，一个已经去了又去的地方，一段原本平淡的旅行，因为遇上了开朗有趣的人，也会因此变得缤纷多彩、值得回味。真正会旅行的人不一定总是去探索别人没去过的秘密地，而是在大家都去的地方也能看见不一样的风景，发明出不一样的玩法。他们可以放开身心去感受当地的风土人情，将旅途中的意外当作额外的惊喜，这个世界就是会因为这样的人而变得更有吸引力。哈哈、哈嫂、橙子、PP、田田、陈太一行人，就是我所认为的会旅行的人!

哈嫂最早似乎是通过微博知道了我们，然后加我的微信提前订好了房间。在他们抵达的当天夜晚下起了小雨，担心他们不方便出门，我们提前出去帮他们打包好了晚餐，在我们看来只是一个随意的举动，却在当天晚上还有之后的几天都得到了他们的大力称赞，“老板、老板娘，你们真是太热心了！”“老板娘，这些菜实在太

在宁曼路的 Ristr8to

美味啦！”“好吃得我都要哭了！”“这么多天了，最好吃的还是老板娘打包回来的第一顿饭！”……你看，语言是多么奇妙的东西，为了对得起这样的称赞，我们更愿意随时为他们提供帮助。

他们的行程并不是住客当中最特别的，一样是逛古城、逛寺庙、丛林飞跃、游览夜市。但是他们身上有股特别的磁场，你看他们每天欢欢喜喜地走进走出，面带微笑、充满好奇地拍这拍那，毫不吝惜地对所到之处赞不绝口，就让人忍不住生出亲近之意。所以，在他们提出要我和他们一起去宁曼路玩的时候，我竟然就那么自然地答应了。尽管我们刚认识两天，尽管宁曼路我已经走过无数次，这些都不足以成为我拒绝他们的理由，跟这样充满正能量的一群朋友一起玩，一定会非常快乐！

我们中午一起吃了有名的 salad Concept，然后在烈日下暴走、逛小店，欣赏手工首饰品，再到咖啡师们朝圣的咖啡店去品尝咖啡。在这样一个中午，烈日好像不再那么灼热，往常光顾的小店也变得有些迷人，咖啡店的店长好像特别帅，因为跟这么会聊天，这么懂得享受旅途的朋友在一起，清迈最热辣的正午也会变得有些温情脉脉。我们光顾的咖啡店是 Ristr8to，这家店主是在世界拉花艺术大赛中获得了第六名的咖啡师，除了他自己以外，店里招收的咖啡师也都是帅哥。他们家有自己烘焙、调配的咖啡豆配方，无论是意式浓缩、拿铁，甚至是普通的美式冰咖啡，都因为他们独家的咖啡豆配比而与众不同。哈嫂和橙子是咖啡爱好者，她们不仅会品咖啡，更乐于听故事，于是我们一边喝咖啡一边聊起这家店的故事，我很开心自己喜欢的东西可以遇上知音。

临近傍晚的时候，我们虽然已经把肚子塞得十足满，但还是决定要前往 17 巷到 iberry 去拍几张“到此一游”照。这几个人啊，要

在大名鼎鼎的 iberry

我说些什么好，拍几张照还有这么多的点子！我第一次亲吻大狗，第一次注意到院子里还有个吊床，第一次看见那个脑袋套子可以玩出那么多种花样。以前，总是觉得跟什么固定的雕像合影是件很无趣的事情，而这群小伙伴，让我感受到拍照那么有趣，在笑笑闹闹中我们谋杀了不少菲林！

美好的时光总是匆匆，他们在清迈只待了 4 天，我们彼此都觉得还没玩够，可是我们的缘分一定不会因为别离而终止。直到今晚，我准备写关于他们的故事时，也意外得知了橙子和 PP 准备结婚的消息，在跟他们道喜时，我们又一起把曾经的美好共同回忆了一遍，这个夜晚再次弥漫起那时的快乐。虽然我一直都在清迈，却也要感谢这样的小伙伴，让我每一次游览自己熟悉的地方，都像是在经历一场新的旅行。期待下一次，清迈再会！

小伙伴们教我如何有创意地跟大狗合影

大脑袋也可以玩出花样

有一种旅行叫作“开启购物模式”

问：韩老板最喜欢什么样的住客?

答：美女!

问：什么样的美女?

答：一大批的美女!

六月，我们不但迎来了一大批美女，并且是脾气好、玩得开、hold得住，吃得了路边摊、品得了红酒的美女！韩老板都要醉了……

要说她们的最大特点，让我印象最深刻的，就是她们拦都拦不住的顽强购物欲!

对于女人来说，购物这两个字似乎有着非同寻常的魔力，可以让懒人变得精神振奋。尽管如此，她们依然是我们接待过的最疯狂的闺蜜购物团，她们的口头禅就是“买、买、买”！

对于我这一帮姐妹淘来说，清迈简直就是一个购物天堂，从街边舒适又平价的各种纯棉灯笼裤和纱笼，到数不胜数的艺术家小店里面卖的手作工艺品，再到本地市场出产的各种新鲜芒果干、榴梿干、椰子片，还有和国内风格截然不同的 super mall，都给了她们越来越多的惊喜。

尤其是最后一天，当我们抵达清迈最大的商场 Central Festival，这群女人彻底控制不住了，就像鱼儿回到了水中！也许很多人疑惑，不就是商场嘛，在哪个城市不都一样？非也非也，清迈的这个商场，可是会让你感到惊艳的哦！这里除了那些全世界都有的牌子，还有着许多你不知道的好东西。

美女团里的晓晓是我的闺蜜，她可是个超级买手，托她的福，我在这个商场里发现了不少本地设计师创办的独立品牌。出品独特、质量有保证又价格实惠，简直让人不敢相信我们是在大商场里购物。

疯狂购物小分队合影

喜欢晶晶这套新衣服！来自三楼的本土原创品牌

Riotino 是一个曼谷设计师创办的品牌，他们家以白黑色为主，风格飘逸、简约，在晓晓的怂恿下，长期懒得买衣服的我都忍不住买了好几套。Bunny 是一家本地乳胶鞋店，他们家的鞋款式简约却不简单，关键是穿上超级舒服，连高跟鞋都非常舒服，而且不怕进水、耐磨耐穿。Viera 是我平时经过了很多次却从来不会进去的店，因为，看起来就很贵！可是出乎我的意料，里面的东西价格也并不是那么的高不可攀，店里的商品都是真皮的，牛皮鞋、羊皮靴、牛皮包、羊皮包……晓晓买了两双鞋和一个手包，最后买单是 1000 多一点人民币。还有一家本土的平价综合品牌店，里面有许多款式很赞的简约女装，60 几块钱人民币的半身裙，100 多块钱的纯棉长裙，让从来不逛街的我都有些意外。

5 楼家居用品区可以买到许多有设计感的摆件、抱枕以及各种小玩意儿，还有几个本土优质的香薰品牌，在香气环绕的氛围里，连韩老板都失去理智、不计成本地又为我们店里添置了一堆东西。

在商场逛累了还有很好的歇脚去处，一般商场里的星巴克等连锁品牌这里也有，但是只喝快餐咖啡太没个性了，宁曼路那家出名的 Ristr8to 在这里也有分店，并且和总店拥挤嘈杂的环境不同，这边更宽敞、更开阔，他们家独家配制的 black hand 豆做成的拿铁咖啡，简直太好喝，这款咖啡豆自带甜味、香醇、柔滑，苦味和酸味非常淡，是一款非常容易让人接受的咖啡。这家的咖啡把韩老板的嘴都养刁了，再到任何一家店喝咖啡永远拿这一款作为参照！

还有那家湄平河边的粉红下午茶，在这里也有分店，他们家除了好吃的马卡龙和各式茶点，还出售各种伴手礼，丝巾、香包、娃

Ristr8to 二店

娃、茶叶……想都不用想，最疯狂的小捷和晶晶又买了一堆，但是，确实物超所值啊！光是商品包装，就让人看得少女心都要萌化了！

美女们的航班是在傍晚，可是大家逛到下午 3 点都还显得意犹未尽，诸美女嘴里还嘟嘟囔囔地说："哎呀，早知道就该安排两天过来这里逛了，完全没有买够怎么办？"于是她们约好，以后某个周末可以特意飞过来扫货……跟这样一群女人相比，我真心觉得自己活成了一个汉子！Anyway，性格好又漂亮的美女们，欢迎你们再来！

温柔以待，行摄清迈

昨天收到了在客栈住过的温州美女董冰洁发来的照片，跟我们分享了她们一行 4 人的泰国之旅。

对他们 4 位住客印象颇深，因为他们的言行举止格外彬彬有礼，话语间还带着江南吴侬软语特有的温柔，其中的两位女孩在行程上偶有争执的时候听起来也像是互相在撒娇。开客栈总会遇见形形色色的人，或爽朗，或热情，或客气，却很少见相处时流露出来的性情好到极致的住客，所以不免多留意了一些。

冰洁是个正在学习中的摄影师，她带着弟弟禄禄、闺蜜努努和她的男友越越，一起到这边旅行，顺便给他俩拍婚纱照。在订房的时候，努努就跟我说，需要几晚住不一样的房间，因为她的好朋友喜欢拍照，要拍不同的房间风格。等她们入住以后，果然，冰洁时刻没有忘记自己作为摄影师的使命，经常拖着另外 3 个人当模特，在客栈里玩得不亦乐乎。

进出客栈经常会看见这样的一幕，冰洁要求她们“再来一个

pose”“换一个角度”“刚才那张还不够好”……努努有时候会不耐烦，于是软声软语地拒绝：“哎呀，这样可以了，差不多就行啦！”冰洁则会凑上去半哄半诱，有时候还会动员我一起：“老板娘，你劝劝她嘛！”有人给拍美照还不乐意，换作我，都开心死啦！

很少看到闺蜜间的这种相处方式，互相之间撒娇又卖萌，但是看起来又不做作，真是让旁边看着的人心都要化了！跟她们聊熟了以后，我请冰洁回国后记得发照片与我们分享旅程。什么样的心情就会看见什么样的风景，在冰洁的照片里，我看见了温柔的泰国、温柔的清迈。还有那些许多人不曾注意过的客栈门口的青石地砖，街角的秋千座椅，平时我们常坐却从未留影的红色双条车……这些都在她的镜头里透出了别样的温柔。我觉得不论在什么领域，真正出众的人除了拥有天赋，更需要的是对于这个工作的巨大热情。很难想象，拍出这样照片的冰洁彼时仅刚刚学了半年的摄影，在她的照片中可以感受到摄影者的情感，可以感受到来自女摄影师独特的细腻视角。正是由于她拍的拜县美照，我才第一次对这个邻近清迈的小镇产生了向往。

其实冰洁她们的行程在我看来有些赶，安排得比较密集、比较辛苦。要在清迈亲近山野丛林，逛精品小店，看寺庙、做按摩、骑大象，还要到拜县拍婚纱照、泡酒吧、住别墅，最后还要到苏梅岛看海、游泳，到帕岸岛参加满月派对、看帅哥。整个行程总共12天，从北到南。冰洁说这次旅行其实出了不少状况，他们一行4人里有人中暑了，有人被晒脱皮，有人爬山擦伤，相机中途也坏了。但是，这次旅行依然是她们公认的非常愉快、难忘的一段旅程，因为与这

镜头下的温柔（本篇图片全部来自董冰洁）

镜头下的温柔

清迈大学也是一个极好的拍摄地

摄于拜县“二战桥”

摄于拜县大树秋千

些状况相比，让她们印象更深的是这一路的美景和经历——在周末夜市遇到戴军，街头碰见周冬雨；因为《泰囧》而大为火爆、人满为患的按摩店 Fah Lanna，她们临时决定去竟然订上了；赶上了世界三大派对之一的帕岸岛满月派对，那是一个激情、畅快淋漓的夜晚……桩桩件件都是旅途中的幸运与精彩。

也许这就是她们的旅行秘籍吧，拥抱和接纳旅途中的意外与不顺，享受与铭记旅途中的喜悦和惊喜，淡化不适，放大快乐，这就是为什么透过她的镜头，努努可以美得一尘不染，努努和越越的爱可以甜得醉人。

如今和她们相识已经 1 年多，透过她们的朋友圈我每天都可以看见冰洁的摄影技术和她的工作室在不断成长着，努努与越越依旧甜蜜恩爱。这就好，我亲爱的朋友，祝愿你们的生活和事业都像童话里一样，顺遂、安宁！

在我们客栈

从海里来的火暴鱼叔

“鱼叔”本名吴鹏，因酷爱潜水，圈中得名鱼叔。重庆籍“火暴男”一枚，正当壮年，人生经历颇为丰富，开过餐馆，做过酒店经理，在事业单位上过班……现在菲律宾妈妈拍丝瓜岛经营一家名为“Fish Buddy”的潜水店，在重庆也经营着一家同名潜水俱乐部。

鱼叔是个自由惯了的人，行事天马行空，神龙见首不见尾。2014 年 6 月，我突然接到一个电话，鱼叔说要来清迈，第二天马上空降清迈机场，给我来了个措手不及。他说原打算从菲律宾途经香港回重庆，临时计划有变转飞清迈了。

在清迈一年，我本以为自己已经晒得够黑了，见到从海里捞出来的鱼叔才发现，我的皮肤还是挺白净细腻的。海风在他脸上吹出一刀刀硬朗的细纹，再加上本来就微微突出的大眼睛，活脱脱一只陆地锤头鲨。

我们和鱼叔在泰国涛岛初识，就是那个著名的被称为“潜水员生产工厂”的涛岛。那年盛夏，与好友一行 4 人前往涛岛学潜水，正在教室里用重庆话闲聊，忽听门外爽朗的一声乡音传来："今天有重庆崽儿来上课迈？（"迈"重庆俚语，相当于语气助词"吗"），顿时一惊，只见一个中等身材的壮汉快步闯进门来，下巴上稀疏的小黑胡子透着一丝幽默感和成熟风度，谦逊的笑容，特别是那双水牛般的鼓眼，让人一眼就记住了这个家伙。

鱼叔性格火暴，但同时也是一个非常有幽默感的人。那时他是我们的潜水助理教练，每当遇到哪个潜水员违规操作或是有危险发生的时候，他总是先一脸严肃地大声呵斥，然后再微笑地把潜水的要领和纪律夹杂在玩笑话里细细道来，大家都觉得他既有责任心，又是个很细心体贴的男人。

接触的日子长了，我们成了朋友。喜欢自由、喜欢亲近自然、喜欢冒险的人走到一起便无话不谈，相当投机。

鱼叔虽不能算是个帅哥，但个人魅力非凡。刚到清迈第一天，就把在宁曼路的咖啡店结识的两位美女带回我们客栈来了。

晚餐时刻，成了他展示厨艺的大好时机。平时厨房一向是晓丹的玩具店，现在变成了鱼叔的秀场，他为我们调制了一锅地道的重庆火锅底料。美女问鱼叔："为什么重庆男人都会做饭烧菜？"鱼叔回答："因为重庆女人都不会做饭烧菜，男人不做大家就都饿死了。"

锃亮的红油汤锅，上下翻滚的汤料上面漂满了鲜红的辣椒，整个客栈楼上楼下弥漫着浓烈的香味，客人们都跑来问："今天可以蹭饭么？"

酒足饭饱之后，我们和两位捡来的美女之间的距离也拉近了不少。在鱼叔的强烈建议下，我们密谋带上店里剩下的几位客人，明天骑车去拜县。

这是我们开店半年来的第一次疯狂行动，给住店的客人免掉剩下几天的房费，带他们一起上路，捡来的俩美女也被鱼叔的如簧巧舌征服，已经订好的 4 星级酒店直接不住了。我们一伙人像打了鸡血一样，第二天一早关店走人，4 辆小绵羊摩托车一行 7 人直奔拜县杀去！

沿途的风光让大家都神清气爽，我们的绵羊车队时不时停下来欣赏。鱼叔又展现了他的大叔特质，照顾前前后后、左左右右的各位小伙伴。

从清迈去拜县的路多是山路，弯多坡陡，对于摩托车技术不熟练的朋友强烈不推荐！果然，路程刚过半，由于我这个领航员车速过快，在经过一个大角度下坡转弯的时候，后面一只小绵羊摔倒了。还好伤势不严重，简单的处理之后我们继续上路，美女被撞的下巴渐渐肿起来，像是做了个失败的垫下巴手术，这成了我们后半程的开心话题。

终于到拜县了，大家分头行动，各自找乐子去了。晓丹、鱼叔和我 3 人同行，来到一家小餐馆喝开了。鱼叔谈起未来的计划眼里闪着光，他打算和我们合作在泰国南部的象岛开一间潜水俱乐部，同时我们也可以把爱游的分店开到岛上。我和晓丹听到此处很是兴奋，这个计划和我们的想法不谋而合。看来真是物以类聚、人以群分，价值观相同、性格相仿的人内心世界也有相当多的共同点啊！

喝高了，就开始海阔天空地聊了，历史、哲学、人性、情史，

在拜县的公路上被象追

三个“神经病”

拜县的酒店

在树屋里胡闹

鱼叔眉飞色舞、激情忘我，我们也跟着起哄，到情深处，鱼叔声泪俱下，手腕上的潜水表也跟着一颤一颤地闪光。说到大家不能认同的事情，他马上拍案而起，声调提高 3 个八度，鼓眼再鼓出 1 倍，眼神很是吓人仿佛随时会变身狼人。

今天，鱼叔又出发了。他要去曼谷待几天，他说好久没去了，有几个朋友要见一见，还有，想念唐人街的海鲜大餐。

鱼叔就是这样一个自由自在的旅人、一个行者。在他的世界，海与朋友是最重要的部分，在他的眼中，是岁月磨砺出来的机智和风趣；在他的脚下，是对未来的自信和坚定。现在他有了温暖的家，还添了个可爱的小女儿，祝福他们幸福快乐！

（韩东）

千里走单骑，骑着侉子环游世界

这是一个平常的傍晚，我们到辣子村回味一下家乡味，顺便找米老板唠嗑，却不经意结识了一个让我们异常惊喜的有趣的人！

他叫老极，看起来蓬头垢面、不修边幅的一个人，静悄悄吃饭的时候极不打眼。经米老板介绍，我们仔细一看，才发现他一家三口都是一水的黝黑肤色。一开口说话，声音响亮、笑声爽朗。得，是个痛快人！再一深入交谈，吓了我一跳，这可是个不得了的人物，他的精彩历程，足以写好几本书了！

老极的本职是个登山队长、漂流向导。1 年只工作 3 个月，工作 3 个月就可以吃 1 年。但是这 3 个月，做起来可不轻松。据老极说，那 3 个月是 24 小时保持着精神的高度紧张，作为登山队长，要带着客人去挑战高海拔雪山，在低温、缺氧的环境中，除了提前探路、统筹路线、确保后勤物资等工作，更重要的是要照顾好客人，要让客人在这么艰难的旅途中依然能够获得很好的旅行体验，这可不是一件简单的事。老极说："我们的工作，说白了，就是玩儿命，惊

从中国出发

险、刺激。我们也有同事遇难死去，但我依然愿意选择这样的工作，我喜欢这份刺激，平淡的生活对于我来说，太没意思！”除了工作以外的 9 个月，老极会带着老婆孩子到处去旅行。这一次，他们将骑着侉子摩托进行环球旅行。从西双版纳出发，途经老挝、柬埔寨、泰国、斯里兰卡、伊朗、土耳其、希腊、意大利及欧洲诸国，最终到达遥远的北极……实在是太酷、太疯狂了！最最关键的是，他们的儿子辛巴才两岁多。每个人都有一个仗剑走天涯的梦，身边的朋友包括自己或多或少都走过了世界上不少的地方，可带着孩子骑着侉子摩托旅行这么疯狂的，我们还是头一次遇见。我们会有很多担忧：“车会不会坏，在摩托车进出关会不会有问题，荒无人烟的地方车没油了怎么办，孩子这么小万一生病又怎么办？”老极说：“我真没想这么多，问题来了我就去解决。就像你们开店一样，想得太多这店就开不了啦！”一语中的，不安分的人就是这样，总是行动快于顾虑，恐惧才是开拓者最大的绊脚石。

聊得投机，我们邀请老极去我们客栈看看，他欣然应允。第二天，老极像个领导一般将我们客栈巡视了一遍后当即决定住下，最最关键的是，小辛巴呀，一屁股坐在我们家鹅卵石铺成的后院里就不肯走啦！看得出来，辛巴是个好动的孩子，却又尽在他老妈的掌握之中。带着孩子旅行，老极最大的感受就是，一定要时刻伴随在孩子的身边。倒不只是担心他的安全，而是要防止他在公众场合破坏东西。开客栈的1年多时间，见过许多带小朋友的住客，我们对于这点深有体会。孩子正处于喜欢探索发现的年龄阶段，难免对于一切事物都怀有好奇之心，既能不压抑他们的探索精神，又能保证孩子遵守公共秩序，这是门学问。老极充分实践了“旅行就是最好的教养”这一教育方式。在野外，保证环境安全的前提下，让孩子尽情撒野、尽情疯闹，不要怕脏，不要担心把孩子累着。客观来讲，只穿着一条小裤衩满山飞奔的辛巴实在是比我见到的许多孩子要结实健康得多。而回到室内，对于待在公共场合的辛巴，老极两口子又是另外一种教育方式，老极或者小猪（老极对老婆的昵称）一定有一个人待在辛巴身边，当辛巴准备碰触某些易碎物品时，他们会及时告诫，并且把他带离那片区域或者用其他新的娱乐方式分散他的注意力。

菲律宾

北极

路上也有风雨

辛巴爱上了我们家后院

他们对待孩子这种粗中有细的教育方式实在很让我欣赏。不过，即使是这样，依然会有意外状况发生。几天前在素可泰，辛巴就摔碎了酒店里的一个花瓶，老极带着辛巴给人道歉，并且赔了500泰铢。老极说，他们告诉辛巴，如果在旅途中他弄坏了什么东西，都从他的棒棒糖、雪糕、玩具费用里扣除。不过这一路下来，如果真要计较，他大概有两年都不用再吃零食了！

老极在清迈大约待了1个星期，在他的强烈要求之下，还在我们未完工的爱游别院为清迈的朋友们做了一顿丰盛的晚餐。他说，倒不是自己的厨艺有多么好，而是这趟出来也有几个月了，实在是太想念给朋友们做饭的感觉，大家热热闹闹地吃家乡菜，怎么都开心！

很快，老极又要出发了，下一站，斯里兰卡！老极临走时，我告诉他我们在写书，其中一个章节是写形形色色的旅人故事，他的这段旅行经历实在是太精彩了，我一定要好好地记录下来。他表示支持，同时也说："别给我的旅行赋予太多意义，也别给辛巴的这段旅行下什么定义，有他没他我们都要这样生活，他生在了一个旅行者家庭，他就应该这么过！"向冒险者致敬！

故人来访，音乐之魂重归爱游

2013 年，当我们卖掉所有的乐器、音响设备、服装道具的时候，我以为我们永远要跟音乐说再见了。从此生活有无限可能，却远离聚光灯、远离音符。客栈正式运营后的半年多，生活看似波澜不惊，韩老板却常常告诉我，在午夜梦回之时他常常梦见一个看不清面目的人斥责他抛弃音乐、背叛梦想。我又何尝不是如此，偶然在酒吧看见表演精彩的乐队时，会在血将热之际，狠狠地喝一杯冰啤压下去！

然而旋律就流淌在我们的血液里，岂是轻易能够忘却，随着 1 年多后故交好友的接连来访，当韩老板一次又一次重新拿起吉他，我们终究不得不承认，音乐就是我们这间美宿的灵魂。就如同一个美人，再精致的面容、再华美的衣裳，若是没有一颗灵动的心，怎么能被称为是真正的美人呢？

2015 年 11 月 22 日，借金科来清迈过生日的契机，我们打响了音乐美宿的第一炮。时隔两年，音乐重归爱游，以两位重量级音乐人的到来而唱响的第一夜，一定足以照亮清迈的夜空。

金科，原创音乐人，在我知道的理工科音乐人里，除了李健，还有金科。和李健的温润如玉不同，金科早年在深圳的外号是“我 × 兄”，每说一段话，都是以“我 ×”开头，以“我 ×”为间隔，再以“我 ×”作为完美的结束。随着年岁渐长，他把他的暴烈、聪明、狡黠都藏进了他的歌词里。

金科是典型的天蝎座，他的表达不是平铺直叙的大白话，而是把自己的真实意图藏在文字的背后，如果你有心，你会找到藏在其中的秘密。

说他是歌手，其实他更像一位哲人。在他的歌词里你就会发现那文字背后对生命强烈的执着和从未停止的思索。手里那把吉他是他的利剑，用它指点江山、挥洒人生。

阚立文，原创音乐人、中国好声音学员。跟阚兄的第一次见面印象深刻，是在金科的录音棚录音结束后大家一起相约吃夜宵。按理说初次见面大家应当是泛泛地寒暄、有礼地客套，原本韩老板跟阚兄彼此“久仰久仰”以后，画风应当是顺着这个套路持续下去的。却，一不小心喝多了、聊深了，阚兄突然来了一句：“其实你那首《十字路口》在我看来是有问题的，还有很多问题！问题更大的是，这么一首我觉得有问题的歌在那年竟然拿了 3 个大奖！你说，他们是不是更有问题？”一时语惊四座，我已目瞪口呆。韩老板当然不以为意，觉着与他更为亲近了几分。

在我看来，这就是真正的音乐人吧，不评个人、只论作品、坚守本心。他的歌声和作品也像他的人一样，犀利、深刻，痛却又饱含力量。

在《中国好声音》上看见他，听到了那首让许多人惊艳的沧桑版《那些年》，我觉得欣慰又惋惜，欣慰的是终于有许多人可以听见他的好音乐，惋惜的是这样的人、这样的声音本应奔放在草原，而不是圈禁于这个商业舞台。

有这两个音乐人参与的旅行，当然会有别样的精彩。音乐会当晚我们限定了入场人数，除了住客以外，我们的位置只留给了早早就跟我们预订的清迈友人，整个客栈塞得满满当当也就只能容纳40几人。这恐怕是有史以来最迷你的一场音乐会，但是氛围相当不错！因为韩老板准备充分，每个入场的听众都拿到了一份歌词本，在听到他们的原创歌曲时大家还可以看着歌词本，去深入理解歌曲的意思。遇到朗朗上口的旋律，全场的朋友还会跟着一起大合唱，这样的氛围太美妙了！当然，许久不唱歌的我也被强拉着上去磕磕绊绊、看着歌词来了一曲……

除了音乐会当晚，两个音乐人的旅行依然离不开音乐。每天晚上我们聚在别院里弹琴、唱歌、玩桌游，每天早上睡到自然醒再出门活动。尤其是在金科的生日当天，他意外发现我们别墅旁边有个教会，恰逢周日他们正在做礼拜，于是金老师和阚爷两个音乐狂人窜到教会门口去听歌，还被他们邀请进去一起玩，然后这两个不速之客在人家的礼拜上跟唱诗班来了个现场live show，真是太会玩了！做过礼拜后，我们去参观松德寺正巧遇到寺庙在广场做布施。接着我们去乌蒙寺喂鸽子，晚上去万人天灯收费场放天灯。几天下来的所遇所闻，都使他们对清迈、对泰国有了一个全新的理解。

金老师说，今年的生日清迈行，是他人生中的重生之旅，我们也跟阚爷约好了，明年他的生日也来我们家过。期待再见！

阚兄，他的歌声如他的人一样，犀利、深刻，痛却又饱含力量

金科，说他是歌手，其实他更像一位哲人。韩老板为这场音乐会做足了准备

许久不唱歌的我，也被强拉着上去磕磕绊绊、看着歌词来了一曲

我们在万人天灯收费场放天灯

结束后我们到僧人们刚才诵经的地方拍照

鱼鱼众生——一个旅行家的日常

初识鱼鱼是因为一个名叫“小地球旅行联盟”的群，这个群里的人基本上都是国内有一定影响力的旅行家、摄影师，当然也有极个别，比如我这种靠“裙带关系”浑水摸鱼蹭进去的。群主光子有一天找到我，说群里的鱼鱼要来清迈，让我给招待一下。我当然是欢呼雀跃地扫榻相迎，要知道，我们这个群里的人，相当难得能见上一面。

跟鱼鱼碰面后得知，原来她这次是应泰国旅游局的邀请到苏梅岛参加体验旅行并且帮忙摄影以及宣传的。回程之时顺道经过清迈，于是就“投奔”我们来啦！

说起旅行家这种职业，大家想到的可能是无限的自由以及可以环游世界的福利。多好啊，可以全世界旅行还有人可以包住、包路费！因为跟旅行家们接触得相对较多，我自己也曾经尝试做过类似工作，我也因此看见了“硬币的反面”。例如鱼鱼众生，有些旅行家背后也许会有帮忙运作的团队，而据我所看见，鱼鱼目前为止还是全凭一己之力在运营这个品牌。一个女孩子，靠个人的力量要胜任旅行家的工作意味着什么？意味着拍照、宣传、文案、出行、攻略都要靠自己搞定！没错，遇到赞助单位时也许行程就可以少操一点心，但是这也意味着你的工作要对得起赞助方的招待。一整天玩下来，相机里可能就攒下了上千张照片，晚上回到酒店第一件事不是休息，而是从 1000 多张图里挑出 100 张左右的原片进行精修，精修后再进行细挑，挑出大约二三十张成品作为今天的作业。这还不算完，这仅仅是照片部分，文字部分需要把今天跟当地人聊天、跟主办方了解到的关于该景点的信息整理一遍，用高品质的文字对今天的行程做一个详尽的介绍。整理完后配上图，推送上微博、微信公众号，再交一份给主办方，看看时间也差不多凌晨一两点了，今天的工作才算正式告一段落，更别提还有整个行程结束之后的旅行分享会等。对于我而言，自知是无法胜任这样的工作的，我也曾经在一个旅行网站上发过帖子，后来却因为无法坚持而作罢，我深知这个工作背后的琐碎与枯燥，在旅行中、吃饭前、按摩前要时刻记得拍照，闲聊时要时不时记得做笔记，每周保证发 2~3 篇旅行博文，每天做大量的图片整理和文案工作。如果不是真心热爱摄影、喜欢码字、热爱旅行，根本就无法长期坚持下去。对于一个女孩子来说，光是背这么一大包摄影器材就够受的了！

我敬佩一切有职业素养的人，因此也格外尊敬鱼鱼。做一个旅行达人没有捷径，要通过自己不断的努力让别人看见自己，也许两三年，也许四五年，在受到关注以前所有的旅行都要自费，即使是在被发现了商业价值，可以得到一些赞助后也只是一部分活动可以无须花费太多，并不是像有些朋友想的可以完全免费旅行。鱼鱼这次到清迈并没有带着任务，但是出于职业习惯，她每天还是会拍大量的照片，晚上回去整理，然后发微博、发朋友圈跟大家分享。这样的分享似乎已经成为她的常态，成为她每日必修的功课。这样的好习惯对于我这种懒得拍照的人来说简直是天大的福利，带着她转悠两天我就得到了一大堆美图，请上天再赐予我一打旅行家朋友吧！

跟鱼鱼在一起待了一个星期，看着她每一天的工作，我更是深有感触。并不是人人都可以做旅行家。首先，你要有不错的文字功底，有一定的摄影技术，还要见多识广，有独立自主的能力和语言沟通能力，还要有相对高的工作效率和时间管理能力，还需要有一定的自控自律精神……在每一件看上去很美的事情背后总是有着孜孜不倦的付出和坚守，并且不是每一分努力都可以得到回报，但在每一件看上去很美的事情背后一定有着孜孜不倦的付出和坚守。给所有的旅行家们点赞！

和鱼鱼一起去的大树咖啡（图片来自鱼鱼）

精致的咖啡（图片来自鱼鱼）

很荣幸和鱼鱼相处了一个星期，也得以看到她工作的不容易

女神的泰式婚礼

在清迈定居开客栈，对我来说，最大的收获之一是重新找回了许多从前失去联系的同学、朋友。因为在清迈有这两家店，许多久不联系的老同学辗转得知了我们的现状，在前来清迈旅行的时候会提前联系我们。王颖，就是这样。

她是我小学时期的女神，人长得漂亮，成绩又好，导致我在那个阶段无论做什么都下意识地去模仿她。也许这就是偶像效应吧，为了无限接近自己心目中的女神，所以愿意让自己变得更好一些。时隔多年，当她跟我联系上时，我得知的是她已经结婚，要来清迈度蜜月的消息。在聊起行程的时候，她提起很希望在清迈体验一下当地的泰式婚礼。这个主意好！正巧我一直以来也对此好奇，只听说过却从来没有亲身经历过。我们俩一拍即合，于是前后断断续续地历经了两个月，终于在王颖跟她的爱人抵达清迈前把这个婚礼的细节敲定。

因为是一次体验式的婚礼，双方家长并不在清迈，来观礼的只

泰式的妆容比较浓艳，配饰和服装更是色彩饱和度极高

我们作为亲友也穿上了传统的泰式服装，画上了大浓妆

有我和韩老板，以及我们客栈的住客——北冰洋君两口子。婚礼当天，除了提供场地的酒店给安排的录像师外，我们还单独找了叶波和 Jimmy 两位摄影达人来助阵。

仪式从傍晚开始，于是两位新人以及亲友的化妆安排在正午时分。泰式的妆容比较浓艳，而配饰和服装更是色彩饱和度极高，首饰配件清一色的金色镶嵌彩色宝石，我相信任何一位女孩在这样的打扮下都会变得雍容华贵。值得一提的是，连我们 4 个亲友都穿上了传统的泰式服饰，画上了大浓妆，穿上服装的时候我不由得对今晚的婚礼仪式产生了更强烈的期待。

大约下午 4 点，我们把新娘送入了“婚房”，等待新郎前来迎亲。度假村为我们召集的迎亲队伍也已经准备就绪。有在最前方开路、起舞的祈福少女，还有十几位挑着泰式聘礼的壮汉。我们仔细看去，聘礼是各种寓意吉祥的物件：甘蔗代表节节高升，香蕉代表多子多福，泰式的甜品代表婚姻甜蜜……实在是满目琳琅，还有许多我见过却叫不出名的水果、物件。说是迎亲其实也就是从度假村门口走到“婚房”，但是阵仗很大，迎亲队会敲着锣喊号子，这个迎亲号子听起来既欢乐又极富特色和冲击力，饶是“阅曲无数”的韩老板也被震撼了一把。走到婚房所在的大厅，祈福的女孩们还要围成圈来一段祝福的舞蹈，并且把每个人手里捧着的新鲜玫瑰花瓣撒向空中，实在是唯美又浪漫！跳完祝福舞蹈，我们要走到婚房门口，由新郎来开口求娶新娘，各种甜言蜜语以及婚后承诺此时都可以连番放出来，直到打动新娘，她愿意走出来为止。新娘走出来以后，结婚仪式正式开始。双方亲友送上祝福，新郎新娘交换戒指，婚礼司

盛装的女孩儿带来祈福的舞蹈

跟着粉色的新郎官去迎亲

新人落座

为新人系上僧人诵过经的棉绳

仪取来寺庙里僧人诵过经的棉绳给两位新人系上，还要戴上寓意百年好合的编织花环，接着我们亲友也挨个上来为新人系上棉绳，还要象征性地给新人洒上祝福的玫瑰花水。

在复杂的仪式之后就是正式的晚宴了，我们一边用餐一边观看传统泰式表演，用过餐后还一起到度假村的广场上放飞写满给两位新人的祝福的孔明灯，再后来……再后来，就记不得了……新郎被我们灌得忘记了还有“洞房”这一回事，回到我们客栈以后直接吐倒在大厅里……

第二天，三个昨天晚上互相灌酒又一起喝大的男士们互相赔礼道歉，彬彬有礼地正式道别。接着我们客栈要歇业 3 天，我和韩老板要去素可泰给自己放个小年假，北冰洋君两口子的下一站是普吉，而两位刚刚办过婚礼的新人则要飞往曼谷，继续他们的蜜月之旅。在异国他乡见证了一对新人的结合，见证了一个甜蜜家庭的开启，这样一个难忘的经历一定会牢牢地印在我们三家人的记忆里。老同学，祝愿你们从此一切都好！

幸福的新人

我们的晚宴即将开始

一起放飞写满祝福的天灯

老同学，祝愿你们从此一切都好

行走的小訾——不疯魔不成活

“丹丹，听说你们现在到清迈去定居啦？”这是时隔两年之后小訾联系我时说的第一句话。没过多久，他在新年伊始就投奔我们来了。果然还是那个能“作”敢说、爱冒险的小訾啊！

跟小訾结识于北京拿铁酒吧，我们其中一场演出需要好几个伴舞，不知怎么的就找上了他。明明小訾不是演艺部的专业舞蹈演员，但是他在舞台上的感觉却最放得开、最对味。多年以后我偶然在电视上看见他给大张伟伴舞，还随口跟韩老板讨论了几句：“别看这么简单的动作，镜头也不怎么扫到他，但是小訾还是跳得很卖力啊，连表情都百分百戏很足呢！”韩老板却说：“他本来就是这样的呀！原来帮我们伴舞的时候哪一次不是尽心尽力？”是的，他就是这样的人，不论做什么事，他认准了就会百分百全力以赴。这也是我尊敬他的地方。

我们重新联系上以后我开始关注他的朋友圈，发现这哥们儿过得真是多姿多彩：带着滑板全世界旅行，背上的行囊和手里的滑板

背着他的行囊和心爱的滑板走天涯

小訾在兰卡威

就是他的“剑”；成了大张伟的御用伴舞，从 MV 到电视台再到音乐节，哪儿哪儿都有他疯跳的身影；喜欢玩 cosplay，于是今天在上海明天在广州，一天换一个人物造型，跟着与他志趣相投的小伙伴们或拍视频或参加 cosplay 活动；偶然有一天，又看见他接了某个极限运动会展的策划……我曾经问过他：“小訾，你现在的主要工作到底是什么，或者说你最喜欢哪一个？“他老人家来了一句：“我要是说我都喜欢，你会不会打死我……哈哈！你知道，我是一个没什么重点的人，所有的事情我都是喜欢才去做的！”这个答案其实并不让我意外，因为我也是这样的人呀！于是，对他更加产生惺惺相惜之意。

再次见面是在 2015 年的春节，他独自一人到清迈，住进我们尚未完全完工的别院。小訾总是坚持，旅行就是要有些冒险、有些刺激才有意思。于是任何户外运动好像都难不倒他，骑重型机车、滑滑板、爬山、徒步探险，直到那天我们一起去铁矿湖，这个壮汉终于也有了不会做的事。铁矿湖是个废弃的矿场，经年累月地下水满满沁上来，形成了一个十几米深的大湖泊，在铁矿湖可以玩水，更有意思的是，这里有着几个天然的跳台，一个 6 米多高，一个将近 12 米，在跳台上纵身一跃，一个猛子扎进水里，别提有多刺激了，这个地方太适合小訾了！我们兴致勃勃地骑着小绵羊到了这里，临跳水前小訾站在湖边，弱弱地问了一句：“可是，丹丹，我不会游泳，也可以跳吗？”当然不可以！我有些诧异他竟然也有不会的运动项目，同时又立刻被戳中了萌点！这么一个运动达人怎么可能不会游泳呢？小訾有点幽怨地说：“我也不知道，可能是我的肌肉密度太大了吧，总是沉下去很容易，浮起来很难。”尽管小訾没跳水，但一直心痒痒的他还是在韩老板跳下去后，跑到湖对岸方便下水的地方扎到水里扑腾了好久，让韩老板好是提心吊胆了一阵，一直在盘算，这个人要是溺水了要怎么救他上来……

前几天看小訾的朋友圈，他又跑到了布鲁塞尔的广场上拿着滑板凹造型，于是又跟他聊了几句，我夸他貌似跳舞、运动、演戏样样都很棒，而他说自己并不这么认为，前几天正好看书看了一句话，觉得用来形容自己最合适：“他是一个只有一种才能的侏儒，而这种才能就是让别人相信他是一个巨人。”他觉得自己的优势其实就只是在于会说，懂得沟通和整合资源，所以才吸引来了越来越多的机会。而在我看来这不过是他的自谦而已，也许他自己都没有发现，他身上最吸引人、也最重要的特征其实是对生活、对工作，乃至对这个世界都保有最大的热情，正是这种热情、这种全力以赴地燃烧自己，才可以照亮自己的前程。

小訾在布鲁塞尔

铁矿湖，韩老板跳了，旁边那个摆造型的是小訾

一切都是最好的安排

春节期间在帕劳开美宿的老板娘卜亦然带队到清迈玩耍。在这以前，我们曾经匆匆一叙，但是相识不深。这一次的几天相处算是加深了彼此的了解。一直想为这支特别的大部队写些什么，却总觉得无从下笔。每一天的相处、行程、细节，乃至每一个人都可以单独成篇，反而不知从何说起。于是思来想去，若要总结这段时日，用这一句话来概括或许恰当——一切都是最好的安排！

卜亦然是我见过的最特立独行的妈妈，带着两个娃，两个菲佣，还有一个怀着一颗“少年心”的爸爸就敢肆无忌惮地四处旅行。这次到清迈，除了她们这一家子还有在上海万豪酒店做主厨的“脚泥”夫妇，以及量量、小猴纸两口子，都是极好相处的人。

再没有比她们更容易招呼的朋友了，不论去哪里，以什么交通工具出行，不论把他们丢到哪个犄角旮旯里，都能够得到她们洋溢着爱意和激情的反馈“这个地方好赞啊”“好美啊”“好幸福啊”“local丹你太棒了”！说实在的，在她们来之前我曾经做过详尽的计划，

卜亦然和她的两个小萝卜头

每天的行程都想安排得丰富多彩。但是算不准突发状况，餐馆老板不给面子，好几次都让我们遇上到了目的地才发现某咖啡店或者餐厅又临时不开张的情况。换成别人，遇上个几次这样的状况多少会有些不满意或者不开心，而她们，从来不会！她们是我见过的最懂得拥抱意外，在旅途中自得其乐的人！

从除夕夜我们一起去买菜做年夜饭，到年初一我们去扫街、逛咖啡店、逛市集，去小溪边吃饭、去吃街边大排档……无论多好多差的环境她们都一样可以笑出声来，更惊喜的是，这群朋友有着极强的艺术感知力，每到一个稍具心思的店面，她们总是能够第一时间发现当中的小细节和小新意。

一个妈妈带着两个孩子出门有多难？在亦然身上我学习到的不仅仅是跟小朋友的相处之道，更重要的是言传身教给孩子为人处事的分寸感。2 岁的澈儿是个小吃货，话少耐磨，只要吃饱睡足，无论是爬山还是玩水都不在话下，迈着她胖胖的小短腿，大有一副勇往直前的气势。而姐姐米娅是公主范儿，又娇又嗲，亦然说她有“肌肤饥渴症”（有当妈的这么说女儿的嘛！）。其实米娅并不娇气，只是对着自己喜欢的人比较爱撒娇（比如我，哈哈），但是亦然总是担心女儿的娇嗲会给别人带来困扰，于是常常会提醒“米娅，你的‘戏’过了啊！”这时米娅会瞬间收敛，让我叹为观止！要知道，米娅还只是一个 5 岁多的孩子，正是最皮最“熊”，你说东她偏要往西的年龄啊！

大部队里还有一个让我印象特别深刻的人——小猴纸，她符合我对美女的所有定义，性格阳光不做作，颜值高得做鬼脸的时候都超美。原本以为美女一定不太容易打交道，但是小猴纸的性格真的好得让人只想疼她。每到一个新的地方玩耍，小猴纸总是可以想出各种古怪的点子来拍照，事实证明她是对的，这样的照片让我每一次看都会嘴角上扬，想起那时的美好。

帕劳小分队已经离开了有 1 个多月，但是家里似乎还留有她们的气息。亦然曾经对我说：“昨天下午我站在院子里想了好久，其实平心而论，住过这么多家设计酒店，你这里并不见得在设计上如何精巧、出奇，但是难得的是，在这个宅子里可以感觉到生机，所有的物件都是流动的，可以感觉到它们在不断变化。这才说明你们在这里用了心，投入了感情。”我感谢她的懂得，也从中受到了鼓励。

我们是“半路出家”的客栈老板，对于设计、装修都是一路摸爬滚打、跌跌撞撞，对于我们而言，是每一个住客给予了我们这个家足够的滋养，这里是因为每一个来访者才变得更好。

卜亦然和王小猴儿（本章图片都来自卜亦然和王小猴儿）

在别墅准备的年夜饭

大年初一去逛瓦洛洛的“唐人春节市集”

大年初三在路边吃日料大排档

最喜欢的还是娇嗲小米娅

去往